Divã

Livros da autora publicados pela L&PM EDITORES:

Cartas extraviadas e outros poemas – Poesia
A claridade lá fora – Romance
Coisas da vida – Crônicas
Comigo no cinema – Crônicas
Divã – Romance
Doidas e santas – Crônicas
Felicidade crônica – Crônicas
Feliz por nada – Crônicas
Fora de mim – Romance
A graça da coisa – Crônicas
Liberdade crônica – Crônicas
Um lugar na janela – Crônicas de viagem
Um lugar na janela 2 – Crônicas de viagem
Um lugar na janela 3 – Crônicas de viagem
Martha Medeiros: 3 em 1 – Crônicas
Montanha-russa – Crônicas
Noite em claro – Novela
Noite em claro, noite adentro – Novela e poesia
Non-stop – Crônicas
Paixão crônica – Crônicas
Poesia reunida – Poesia
Quem diria que viver ia dar nisso – Crônicas
Simples assim – Crônicas
Topless – Crônicas
Trem-bala – Crônicas

Martha Medeiros

Divã

L&PM *Letras* **GIGANTES**

Texto de acordo com a nova ortografia.
Este livro foi publicado, em primeira edição, pela Editora Objetiva, em 2002.
Também disponível na Coleção L&PM POCKET: agosto de 2018

Capa: André Serante
Preparação: Mariana Donner da Costa
Revisão: L&PM Editores

CIP-Brasil. Catalogação na publicação
Sindicato Nacional dos Editores de Livros, RJ

M44d

Medeiros, Martha, 1961-
    Divã / Martha Medeiros. – Porto Alegre [RS]: L&PM, 2022.
    160 p. ; 23 cm.

    ISBN 978-65-5666-325-8

    1. Ficção brasileira. I. Título. II. Série.

18-50857   CDD: 869.3
                               CDU: 82-3(81)

Meri Gleice Rodrigues de Souza - Bibliotecária CRB-7/6439

© Martha Medeiros, 2018

Todos os direitos desta edição reservados a L&PM Editores
Rua Comendador Coruja, 314, loja 9 – Floresta – 90.220-180
Porto Alegre – RS – Brasil / Fone: 51.3225.5777

Pedidos & Depto. Comercial: vendas@lpm.com.br
Fale conosco: info@lpm.com.br
www.lpm.com.br

Impresso no Brasil
Primavera de 2022

Obrigada, Celso Gutfreind e Fabrício Carpinejar, pela leitura prévia e pelas sugestões todas.

Julia e Laura, é pra vocês.

Sou eu que começo? Não sei bem o que dizer sobre mim. Não me sinto uma mulher como as outras. Por exemplo, odeio falar sobre crianças, empregadas e liquidações. Tenho vontade de cometer haraquiri quando me convidam para um chá de fraldas e me sinto esquisita à beça usando um lencinho amarrado no pescoço. Mas segui todos os mandamentos de uma boa menina: brinquei de boneca, tive medo do escuro e fiquei nervosa com o primeiro beijo. Quem me vê caminhando na rua, de salto alto e delineador, jura que sou tão feminina quanto as outras: ninguém desconfia do meu hermafroditismo cerebral. Adoro massas cinzentas, detesto cor-de-rosa. Penso como um homem, mas sinto como mulher. Não me considero vítima de nada. Sou autoritária, teimosa e um verdadeiro desastre na cozinha. Peça para eu arrumar uma cama e estrague meu dia. Vida doméstica é para os gatos.

Nossa, pareço uma metralhadora disparando informações como se estivesse preenchendo um cadastro para arranjar marido. Ponha na conta da ansiedade. A propósito, tenho marido e tenho três filhos.

Sou professora, lecionei por muitos anos em duas escolas, mas depois passei a me dedicar apenas às aulas particulares, ganho melhor e sobra tempo para me dedicar à minha verdadeira vocação, que são as artes plásticas. Gosto muito de pintar, montei um pequeno ateliê dentro do meu apartamento, ali eu me tranco e é onde eu consigo me encontrar. Vivo cercada de pessoas, mas nunca somos nós mesmos na presença de testemunhas.

Às vezes me sinto uma mulher mascarada, como se desempenhasse um papel em sociedade só para se sentir integrada, fazendo parte do mundo. Outras vezes acho que não é nada disso, hospedo em mim uma natureza contestadora e aonde quer que eu vá ela está comigo, só que sou bem-educada e não compro briga à toa. Enfim, parece tudo muito normal, mas há uma voz interna que anda me dizendo: "Você não perde por esperar, Mercedes". É como se eu tivesse, além de uma consciência oficial, também uma consciência paralela, e ela soubesse que não vou segurar minhas ambiguidades por muito tempo.

Tenho um cérebro masculino, como lhe disse, mas isso não interfere na minha sexualidade, que é bem ortodoxa. Já o coração sempre foi gelatinoso, me deixa com as pernas frouxas diante de qualquer um que me convide para um chope. Faz eu dizer tudo ao contrário do que penso: nessas horas não sei onde vão parar minhas ideias viris. Afino a voz, uso cinta-liga, faço striptease. Basta me segurar pela nuca e eu derreto, viro pão com manteiga, sirva-se.

Sou tantas que mal consigo me distinguir. Sou estrategista, batalhadora, porém traída pela comoção. Num piscar de olhos fico terna, delicada. Acho que sou promíscua, doutor Lopes. São muitas mulheres numa só, e alguns homens também. Prepare-se para uma terapia de grupo.

Por que estou aqui é uma pergunta que me faço desde a hora que acordo até a hora de ir dormir. Não saberia dizer a razão concreta que me trouxe até o senhor. Posso chamá-lo de Lopes, apenas? Ótimo, facilita bastante.

Você me pergunta qual é a minha dor e isso me paralisa. Não sou cleptomaníaca, viciada em drogas ou autodestrutiva, não tenho pânico noturno nem diurno, não ando nem mesmo triste. Mas a angústia existencial, se não é uma coisa triste, tampouco é libertadora. Quero saber, entre todas aquelas que eu sou, quem é a chefe, quem manda dentro de mim. Me confundo com tanta autoridade, já não sei bem a quem obedecer.

Nunca fiz terapia, estou sentindo o constrangimento dos iniciantes. Não sei quais os fios da meada que devo desenredar primeiro, se falar aleatoriamente ajuda, ou se devo dar uma ordem cronológica aos fatos. Acho que a própria cronologia é um entrave pra mim, às vezes tenho a impressão de estar vivendo de trás pra frente. Normalmente as pessoas são infantis e depois amadurecem, são questionadoras e depois encontram as respostas que lhes servem. Comigo não tem sido assim. Há muitas bifurcações no meio deste caminho que deveria ser reto, rumo à sabedoria. Eu vou e volto, vou pra esquerda e pra direita, avanço e retrocedo. Não que isso me incomode, sinto até um certo prazer em me perder neste labirinto. O que dói, talvez, seja essa mania de querer competir com o tempo e vencê-lo.

Tenho uma vida boa, melhor do que eu supunha alcançar um dia. Mas sinto que estou por atravessar uma fronteira, por invadir um terreno desconhecido, é como se este consultório fosse a alfândega que vai me dar o visto para passar para o lado mais oculto de mim. Não sei explicar direito. Acho que a terapia vai servir para tirar a clandestinidade da coisa, preciso de um aval para fazer esta alteração de rota.

Não, meu casamento não está em crise, eu me relaciono bem com Gustavo. Não sei por que estou usando tantas metáforas, não costumo ser enigmática, ao contrário, sou bem objetiva. Acho que esta súbita necessidade de me investigar é uma sensação muito abstrata para eu verbalizar com meu restrito vocabulário. Sou professora, é verdade, mas isso não me credencia a falar corretamente sobre mim. Mas se você tiver paciência, sei que vai me ajudar a abrir a cancela e a me dirigir para este sei lá o quê que me chama.

Eu não esperava por isso: ter que revelar de imediato o motivo pelo qual procurei a psicanálise. Eu mesma ignoro. Busca por autoconhecimento não lhe basta como resposta. Você me inibe, Lopes. Não pensei que a investigação começasse tão cedo.

Se eu lhe disser que estou com medo de ser feliz para sempre, o que você diria? Se ser feliz para sempre é aceitar com resignação católica o pão nosso de cada dia e sentir-se imune a todas as tentações, então é deste paraíso que quero fugir. Não estou disposta a inventar dilemas que não existem, mas quero reencontrar aqueles que existem e que foram abafados por esta minha vida correta. Não intenciono nem mesmo trazê-los à tona, quero apenas ir ter com eles onde eles se escondem, descobri-los em seu próprio bunker.

Por um lado, não me sinto como as outras pessoas e, por outro, sou exatamente como elas. Me inquieta essa parecença, é como se todos os meus conflitos internos passassem a ser publicados diariamente nas revistas femininas, e eu rejeito essa banalização, não quero meus conflitos expostos, quero mantê-los lá no fundo, eles não precisam emergir, sou eu que preciso mergulhar e, se preciso for, ficar um pouco lá embaixo, me familiarizando com a parte de mim que não respira, não ventila. Vim para saber se tenho fôlego para tanto.

Fui uma criança incompleta, faltou-me uma dona, alguém que me desse licença para ir brincar. Eu tinha oito anos quando minha mãe morreu, e a partir dali aconteceu uma coisa estranha: eu, que tinha todos os motivos para sofrer, dispensei a chance. Se sofrer era tudo o que esperavam de mim, eu surpreendi sendo madura antes da hora, evitando dar trabalho ao meu pai. De tanto esforço para não capitular diante da tragédia, de tanta vontade que eu tinha de ser adulta, de tantas ausências ao meu redor, forcei uma precocidade e resolvi me salvar sozinha. Acreditei realmente que poderia, e aquilo tornou-se o meu porão, o meu sótão, o meu segredo. Enquanto as outras crianças conversavam com os insetos de seus jardins e tinham amigos imaginários, eu substituí a fantasia pela crença em gente grande, o lúdico em mim estava no fato de eu ter crescido antes do tempo, pela oportunidade fúnebre oferecida.

Abdiquei do papel de coitadinha. Foi como se todo o lote de sofrimento que eu tinha para gastar durante uma vida inteira fosse entregue de uma só vez, bem lá no início da minha formação, e isso fosse um presente e não um boicote à minha inocência. Pensava: melhor assim. Depois de perder minha mãe, nada mais de ruim poderia me acontecer. Fui subtraída e fui grata ao mesmo tempo.

Minha mãe fez muita falta, claro. Irei lhe contando aos poucos. O que eu queria que você soubesse, por hoje, é que pode ser que eu esteja aqui apenas para me dar o direito de me introverter como não soube fazer aos oito anos, que eu esteja aqui para me oferecer generosamente para a tristeza, para a sensação de desamparo que evitei a vida toda de forma tão arrogante. Eu não sei chorar, por exemplo.

Lembro do dia do meu casamento como se fosse ontem. Vinte minutos antes de eu entrar na igreja, ainda estava na casa da costureira, que me ajudou a fechar cada botãozinho forrado de cetim branco, dezoito ao todo, nas costas. Foi difícil casar sem minha mãe por perto. Uma mãe para dar instruções sobre o comprimento do véu, para ir junto na hora da maquiagem, para me dar uma piscadinha no altar.

Sempre imaginei o dia do casamento como um dia tenso, um dia de rever o passado, uma espécie de afogamento. Não foi assim comigo. Acordei feliz e passei o dia serena. Recebi as primeiras flores ainda pela manhã, de meu pai, e em seguida as de Gustavo, acompanhadas de um cartão romântico como só um homem sabe escrever. Se isso era um afogamento, que me entornasse o Atlântico e todos os mares. Foi o dia em que me senti mais segura na vida.

Gustavo, no altar, estava nervoso como uma vela acesa em dia de vento. Minha sogra, que eu achava que estaria de luto, estava de roxo. Errei por um triz. Meu sogro mantinha-se calmo, sabia que Gustavo estaria em boas mãos. Já meu pai é um coração mole, chorou dentro do carro que nos levou à igreja, amarrotou o lenço, mas disse que percorreria todo o tapete vermelho sem fungar. Ai dele.

Tudo se passou como num teatro, eu e Gustavo os atores principais e, na plateia, os amigos. Disseram que eu estava bonita, mas não existe noiva feia. Casei com Gustavo. Não casei com um namorado. Ele já era meu marido.

A gente casou no primeiro dia em que nos vimos, pulamos a parte do reconhecimento, foi desde o início um salto sem rede. Estávamos predestinados, sabíamos disso antes mesmo de tocarmos um no outro. Mesmo quando houve brigas e implicâncias, elas faziam parte do querer-se. Não forjamos isso, aconteceu, e não se deve esnobar um presente do destino. Casamos porque já estávamos casados e não tinha cabimento fingir-se de solteiros.

Mônica, minha melhor amiga, casou antes que eu, casou com um namorado e, depois de casada, seguiu namorando. Até que ela se deu conta de como isso era frágil. Ela sempre tinha dúvidas se ele voltaria para casa depois do trabalho, ficava insegura se ele não ligava dez vezes por dia. Quando ele achava outra mulher bonita, ela morria. Eles só casaram, pra valer, uns três anos depois de casados.

Gustavo e eu trocamos alianças. Gustavo e eu dançamos a valsa. Gustavo e eu cortamos o bolo. Gustavo e eu fizemos tudo o que todos os noivos fazem, cumprimos o ritual até o fim. Quando chegamos ao hotel e ele fechou a porta do quarto, a gente soube que o nosso casamento não seria igual aos outros. Ele não disse enfim sós. Disse enfim juntos.

Tive outros namorados, mas não foram muitos. Do César lembro bem. Eu tinha dezessete anos e lubrificação era até então uma palavra que me remetia a oficinas mecânicas e postos de gasolina. Mas dentro do carro do César, eu era o motor, ele era o lubrificante, ficava quente como se vivêssemos no inferno.

    Eu gostava dele, mas passava longe de amor. Era só atração, se é que é possível dizer *só* atração, porque era uma atração gigantesca. Eu não concordava com a maioria das opiniões dele nem ele com as minhas, mas, ao nos tocarmos, anulávamos os significados das palavras, voltávamos para o tempo das cavernas, onde só havia grunhidos e beijos. Os beijos mais espetaculares da Terra, beijos de sangrar gengivas, de esquecer onde se está. Eu estava no banco de um carro que não lembro a marca, mas era apertado. No colo de um motorista que não sei se possuía carteira de habilitação, mas que sabia atravessar um sinal como ninguém. O cara não pedia licença, ia entrando com língua e dedos: o resto eu continha com o que me sobrava de juízo. Sofria e gozava, sofria e adorava, sofria e queria mais.

Nem risco de assalto, nem flagra do pai, nada nos detinha no escuro daquelas ruas que ficavam perto de casa. Minha franja grudava na testa, eu sempre perdia um brinco, não sentia mais meu sutiã. Ele repetia meu nome mil vezes, me chamava de gostosa, me lambia, mordia, deixava marcas que no dia seguinte eu teria que tapar com gola rulê, Deus permitisse que fizesse frio. Não foi meu primeiro namorado, mas foi o primeiro tarado.

Fiquei inclinada a transar. Algumas amigas já haviam transado mas guardavam os detalhes só para elas. Já Mônica namorava havia um ano e dizia que iria casar virgem. Admitia que tinha vontade de fazer sexo mas que a culpa não permitia, a mãe dela morreria se soubesse. Como a minha já tinha morrido, não seria a culpa que me impediria de ir adiante.

Somos todos virgens, Lopes. Virgens antes do primeiro beijo, antes do primeiro dia em que andamos de táxi sozinhos, antes do primeiro emprego. Quem morre sem nunca ter ido a Veneza, sem nunca ter tido um filho, sem nunca ter amado, morre virgem igual, mesmo tendo transado com a cidade inteira. Somos sempre virgens de alguma coisa que ainda não nos aconteceu.

Eu adoraria ter sido esposa de César por uma noite, aquela noite, se é que esposas sentam no colo do marido dentro de um carro apertado que elas não conseguem lembrar a marca. Não, esposas não fazem isso, senão não seriam tão mal-humoradas. César me enlouquecia. Meu vestido estava empapado, precisei arranjar uma desculpa quando cheguei em casa: sentei numa poça d'água, papai, veja que desatenta que eu sou. Não acredito que tenha dito isso.

Os beijos mais espetaculares da Terra ficaram na lembrança. Eu e César terminamos o namoro antes que aquele amasso evoluísse. Ele falou algo que não compreendi, eu respondi uma coisa que ele não entendeu, e em dois minutos instaurou-se uma discussão sem razão nem porquê, daquelas que desarmam o circo. Eu não gostava dele tanto assim, nem ele de mim. O desejo é que deu as ordens no nosso namoro, e caso não conversássemos nunca, talvez tivesse sido ele meu primeiro homem. Meses depois, conheci um outro cara, e aí aconteceu minha primeira vez, com muito amor e nenhuma pressa. Dentro de um quarto amplo, uma noite inteira, sem perigo de assalto e sem bater a cabeça no teto do fusca. Lembrei: era um fusca.

De repente, eu virei a única mulher da família, com oito anos. Meu mundo passou a ser totalmente masculino, éramos eu, meu pai e meus dois irmãos, e mais tarde namorados, marido e três filhos homens. Eu praticamente não tive referências femininas, eu sempre fui minha própria referência. E, como já lhe disse, sou mezzo mulherzinha, mezzo cabra da peste, o que nunca me fez sentir entre iguais no salão de beleza.

Minha mãe teve um aneurisma, foi embora com aquela urgência das doenças repentinas, antes que pudéssemos compreender o que estava acontecendo. Todos ficamos sem base, passamos a levitar por tardes inteiras, mas meu pai foi tão carinhoso que a ternura dele nos devolveu a gravidade do corpo e preencheu a casa com uma presença nova, a presença de um amor outrora discreto, amor de um homem que se sentia secundário em nossas vidas, e que portanto amava calado. De repente, o sentimento do meu pai por nós e o nosso por ele, sempre tão pouco manifestado, foi extraído a fórceps de dentro da gente. Fundamos uma nova família, todos inocentes naquela reestreia.

Sinto falta de minha mãe até hoje, mesmo lembrando muito pouco das suas feições. Quando me esforço para recordar seu rosto, surgem os rostos das fotografias, sorrisos estáticos. Ela em movimento ficou sem registro. E sua voz também perdi. Acho que tenho mais saudade de ter uma mãe do que saudade dela propriamente. Mãe é sempre um escudo. Engraçado eu lembrar disso agora: uma vez uma amiga minha, mulher feita, com mais de trinta anos, estava com a irmã visitando um tio no hospital quando ele, repentinamente, faleceu na presença das duas. Elas ficaram sem ação. Viraram-se uma para a outra e a minha amiga disse: precisamos chamar um adulto. Quando ela me contou isso, nossa, como a gente riu. Entendo perfeitamente essa sensação de orfandade. Não importa a idade que temos, há sempre um momento em que é preciso chamar um adulto.

Lembro de ter sentido um misto de prazer e insegurança quando cruzei as portas da maturidade. Até hoje, quando meus filhos perguntam alguma coisa pra mim, vejo nas suas expressões que minha resposta será levada demasiadamente a sério, passará a ser adotada como uma verdade indiscutível, e isso me apavora, me faz sentir meio charlatona, minhas certezas não são assim tão sólidas. Por outro lado, adoro não estar no lugar deles. Desde criança, o meu desejo maior não era visitar a Disney, ou morar num sítio, ou ser menina para sempre: o pó de pirlimpimpim nunca foi meu sonho de consumo. Eu queria era crescer. Ser dona do meu nariz de uma vez por todas. Não ter hora pra dormir, não ter ninguém me dizendo pode isso, não pode aquilo. Não precisar pedir autorização pra nada, poder errar e acertar por conta própria. Isso sim é que deveria ser divertido, eu pensava. E não me enganei. Nada é mais encantador do que a independência. Muito mais encantador que a infância. As pessoas cultuam o universo infantil de uma maneira romântica e nostálgica, sentem falta da autenticidade perdida. Mas se a perderam, foi por condicionamento, por acharem que depois de determinada idade toda fantasia é capricho. Não é. Os pensamentos puros, a espontaneidade, a vibração, o deslumbramento, tudo isso eu mantenho e sinto hoje muito mais do que no passado: crescer não me emparedou, ao contrário, me abriu as portas de casa, o portão do colégio, ganhei a chave da rua e a tutela da minha existência. Vivo em busca constante, tento investigar tudo o que me soa estranho, sigo atenta a cada emoção, não me acomodo nem me acostumo com coisa alguma. Quem sabe não é por isso que estou aqui, Lopes? Se algo der errado, é só chamar um adulto.

Ontem fui a um chá beneficente só para mulheres. Lembro bem o que eu pensei: "Eu vim, estou aqui, não tem mais jeito. Melhor desistir de ficar sentada num canto a tarde inteira, me perguntando onde estava com a cabeça quando topei esse programa. Dezenas de crianças carentes serão beneficiadas com o que for arrecadado, se bem que eu nunca fui boa, a não ser pra mim mesma. Mercedes, Mercedes, são quatro e meia da tarde e isso tudo terminará antes das sete. Custa ser simpática?".

Foi Mônica quem me empurrou goela abaixo o convite, mas ao chegarmos lá ela desapareceu do meu raio de ação. Ela era a única que eu conhecia do grupo e devia estar bastante ocupada, como toda organizadora de eventos filantrópicos. Me senti uma idiota, incapaz de conversar com outras mulheres, quase todas da minha idade, do meu bairro, sócias do mesmo clube. O que me impede de ser sociável uma vez na vida? De repente reparei numa mulher de vermelho, bonita, parecia a Hillary Clinton, estava olhando para mim e sorrindo. Rezei para que não fosse cantada.

Filhos, quantos? Três, respondo. E me ponho a falar deles como se só eu passasse trabalho, só eu juntasse suas roupas do chão, só eu me preocupasse com o seu futuro: como tudo é velho no mundo das mães. Ela fala do seu casal de gêmeos: o garoto, estudante de engenharia; a garota, ginasta. Maridos? Eu casada há 21 anos, ela casada há 22. Parecíamos duas detentas cumprindo pena. De repente, o assunto remete a crianças abandonadas, à situação do país, em como tanta gente poderia ajudar participando de ações beneficentes, mas ninguém mexe um dedo, as pessoas reclamam mas não levantam da cama por ninguém. É verdade, digo eu, com saudades dos meus lençóis.

Seis da tarde, dois beijinhos, adeusinho. Estava dentro do meu carro, som ligado, voltando pra casa. Missão cumprida. Comi salgadinhos de borracha, bebi Coca-Cola quente e conversei com quem, a priori, não conhecia, mas que tinha o papo e o rosto mais familiar do mundo. Somos todas iguais, temos todas a mesma história pra contar. No trajeto, tentei recapitular minha própria história e descobrir em que momento resolvi que não faria parte do mundo, não do jeito que ele me convoca. Quando foi que me exilei, Lopes, e por quê? Nenhuma vida é original. Nascemos e morremos, e no espaço entre uma coisa e outra estudamos, trabalhamos, casamos, temos filhos e netos, praticamos exercícios, adoecemos. Ninguém escapa desse script, não há outras opções. Por isso o álcool, o jazz, o esoterismo, a religião, o Kama Sutra: é preciso encontrar alguma fresta, é preciso reinventar uma história que não seja cópia, que não entre para as estatísticas, que escape. Mas mesmo a marginalidade é rotulada, também ela é convencionada, estabelecendo códigos de parecença e grupos fechados onde todos têm, quem diria, a mesma história pra contar.

Talvez isso explique aquela sensação de sermos estrangeiros na própria terra, e a paixão por viajar que a maioria tem. Talvez isso explique a insistência de todos falarem sempre a mesma coisa, fazerem as mesmas perguntas e esperarem pelas mesmas respostas, e satisfazerem assim suas necessidades de convivência social. Em que outro idioma nos faríamos entender, se não o da socialização? Lopes, preciso urgentemente reaprender esses códigos, tenho falado muito sozinha.

Mônica me disse outro dia que sente inveja de mim porque eu não tenho medo de nada. Eu respondi, como assim? Eu morro de medo de um monte de coisas. Diz uma, ela me provocou. Tenho medo da morte, falei. Ah, essa não vale, quem não tem? Já eu tenho medo de cachorro, medo de altura, medo de andar de Kombi, medo de ficar sem dinheiro... Mentira, Mônica, você é valente, esses medinhos aí não contam. E ela: mas nem medinho você tem, criatura. Diz pra mim um.

Lopes, fiquei ali pensando. Medo do escuro? Já tive, hoje não. Medo de avião? Nenhum. E no entanto eu sinto um medo asfixiante, um medo que não consegui explicar pra Mônica porque não é um medo catalogado, não é assim como um medo de cobra, trovão, sequestro. Eu teria medo de saltar de paraquedas, eu acho, mas isso nem se compara com o medo que eu sinto de mim.

É como se fosse uma claustrofobia, como se eu fosse uma espécie de elevador. Um elevador enorme, com fundos falsos, alçapões, paredes como as dos filmes do James Bond, que com um toque se abrem e revelam uma biblioteca ou uma sala cheia de armas. Eu me conheço e ao mesmo tempo sei que posso me surpreender a qualquer momento.

Tenho medo de não conseguir manter minhas ideias, meus pontos de vista, minhas escolhas. A minha cabeça, Lopes, é como um guarda que não permite que eu estacione em local algum. Eu fico dando voltas e voltas no meu cérebro e quando encontro uma vaga para ocupar, o guarda diz: circulando, circulando... Você está me entendendo? Eu não tenho área de repouso. Raramente desligo, e quando isto acontece, não dá nem tempo de o motor esfriar.

Não é por outra razão que estou aqui há cinco meses, tentando colocar ordem nestas ideias que vivem em trânsito. Não chego a temer a loucura, no fundo a gente sabe que ninguém é muito certo. Eu tenho medo é da lucidez. Tenho medo dessa busca desenfreada pela verdade, pelas respostas. Eu me esgoto tentando morder meu próprio rabo. Quando estou acostumando com uma versão de mim mesma, surge outra, cheia de enigmas, e vou atrás dela. Tem gente que elege uma única versão de si própria e não olha mais para dentro. Esses é que são os lunáticos. Eu, ao contrário, quase não olho pra fora.

Ok, eu sei que jamais vou derramar um copo de cerveja na cabeça de um homem, nem vou sair nua pelos parques protestando contra o uso de casacos de pele.

Eu nunca vou fazer uma extravagância, e é isso que me assusta, porque uma piração de vez em quando pode ser muito bem-vinda. Você me entende? Eu não tenho medo de perder o senso. Eu tenho medo é desta eterna vigilância interior, tenho medo do que me impede de falhar. Você bem que poderia ter se formado em Engenharia Química, aí não precisaria ficar ouvindo essa alucinada, é nisso que você está pensando? Lopes, o que me amedronta é essa insistência em me enfrentar.

Toda mulher tem seu dia de confessionário e sempre escolhe a amiga errada para fazer o papel de padre. Quando falei para a Mônica que me masturbava, os olhos dela ficaram cheios d'água. Não falou nada, mas li seus pensamentos como se fosse legenda de filme: "Coitada, a vida sexual dela deve ser um tédio e precisa recorrer a esse tipo de coisa". Sua desolação era de como se eu tivesse dito que traficava crack. Antes que as legendas continuassem, resolvi fazê-la falar em voz alta. "Está me olhando assim por que, Mônica? É normal, você nunca fez?" As luzes se apagaram e os holofotes focaram Mônica e sua altivez. O discurso era o esperado: Nunca! Ela casara com El Comedor e não *precisava* disso, entendeu?

Lopes, às vezes Gustavo se esquece da vida na frente da tevê e eu fico sozinha na cama, no escuro, com as mãos abanando. Minha imaginação dá a volta no quarteirão e não encontra ninguém, então dá um pulinho em Hollywood e topa com Mel Gibson abandonado num estúdio, precisando de alguém para decorar o texto com ele. Sim, Mel Gibson está filmando a versão americana de *Império dos sentidos* e precisa de uma partner. O papel é meu.

Masturbação é uma palavra forte, dessas que a gente espera encontrar várias vezes no Código Penal. Desde que o mundo é mundo que meninas e meninos se tocam com as mãos, exploram o próprio corpo antes de investir no corpo alheio. Foi convencionado que os homens podem continuar no exercício depois de adultos, e as mulheres, bom, as mulheres, se fizerem mesmo questão, vá lá, mas desde que não fiquem comentando sobre isso com a sobrinha do zelador.

Eu me masturbo com alguma regularidade. Não por falta de sexo, ao contrário: quanto mais transo, mais estimulada fico a me conceder uns afagos. Não uso vibradores e nenhum brinquedinho que necessite de pilha, apenas me massageio e a imaginação se encarrega do resto. Poucas coisas são tão poderosas como uma fantasia erótica. Você precisa mesmo saber ou está apenas curioso? Eu conto. Dois homens ao mesmo tempo. Não faça esta cara de desapontamento, eu nunca prometi ser original.

Quando me masturbo, busco o orgasmo e nada mais. É uma excitação encomendada, um prazer de segunda categoria, mas ainda assim um prazer. A categoria luxo acontece a dois, lógico. Não há nada mais excitante do que se sentir desejada por alguém, aquela sensação de estar sendo devorada pelos olhos do outro, de que o mundo virou poeira lá fora, os cérebros desligados, as bocas secas, uma felicidade adolescente, não é espantoso que eu ainda consiga lembrar como é? Não estou mais falando de sexo, Lopes, estou falando de paixão.

Mônica nem cogita conversar sobre essas questões, e foi justo pra ela que fui contar o que faço quando me apaixono por mim mesma. Masturbação não é muleta, não substitui coisa nenhuma, é uma relação como outra qualquer, com suas características e limitações, você concorda? O corpo da gente foi programado para nos dar prazer sem se importar de que mão vem o toque. Falei tudo isso pra Mônica e ela ficou vermelha, mas disse que era por causa do vinho. Tá bom. A essa hora, se El Comedor já estiver dormindo, é capaz de Mel Gibson estar ocupado.

Desligam. Eu atendo, desligam. Se fosse uma ou outra vez, não me importaria. Mas são várias vezes, sempre nos fins de semana, e isso pode ser um sinal. Acho tão cafona desconfiar de marido.

Gustavo não faz o gênero que olha para todas as mulheres, mas de santo tem muito pouco. É um homem padrão, que não comporta adjetivos exagerados. Ele não é lindíssimo, nem altíssimo: é interessante, possui um jeito de sorrir que desarma a gente, mas sorri pouco, é reservado. Não fuma, gosta de tomar uns drinques, de ler, de cinema. Odeeeeia teatro. Adora futebol e Buenos Aires. É bom pai, bom marido, bom advogado e provavelmente tem sido um bom amante. Alguém do outro lado da linha que me diga.

Não imagino Gustavo cantando secretárias, mandando torpedos para mesas de bar, soltando piadinhas infames para estagiárias. Não faz o estilo dele. Gustavo tem um caso, antes de mais nada, com a discrição. Mas não está morto.

Gustavo me ama e sai com outra mulher de vez em quando, e isso é uma coisa que eu jamais terei certeza, pois jamais vou perguntar. Talvez seja uma fantasia minha, talvez não. Talvez eu esteja sendo manipulada pela mídia, que vive nos convencendo de que todos traem. Talvez não seja uma mulher, mas várias outras. Talvez não haja ninguém na vida dele, talvez nem eu.

Nosso respeito pela individualidade um do outro nos levou a um relacionamento tão civilizado que nada dói. Não dói pensar que Gustavo tem outra, enquanto isso for só um pensamento. Teorias não machucam. A aliança no dedo não nos deixou menos vulneráveis ao que acontece do lado de fora da nossa casa. Gustavo tem amigos que não conheço, tem clientes que não conheço, tem um Gustavo que não conheço. Sobraram-lhe nove dedos sem aliança alguma, que o deixam livre para tentar ser feliz como bem lhe convier.

Ele deve estar namorando, só isso. Um risco para temperar a rotina. Uns beijos diferentes. Uma cor de olhos diferente. Uma diversão. Ele não está apaixonado, não vai fazer as malas e partir, ele nem sabe onde estão guardadas as suas meias. Gustavo está se revendo, está lembrando de si mesmo anos atrás, quando era solteiro. Quase invejo Gustavo. Não consigo achar que ele esteja errado. Ele não está sendo desleal, está apenas sendo infiel.

Ou talvez não seja nada disso. Talvez as ligações que caem sejam apenas a prova da infidelidade do serviço público com o contribuinte: companhias telefônicas, sim, não costumam ser de confiança.

Mônica me crucificaria se soubesse dessas minhas suspeitas, me estrangularia por ser tão passiva. Ela controla El Comedor com um radar que todas as mulheres possuem, só que o meu pifou por falta de uso. Mônica não deixa El Comedor olhar para os lados, fica desconfiada quando ele coloca óculos escuros ou quando ajeita o retrovisor do carro. Marcação cerrada. Mônica, no meu lugar, já teria dado uma busca em todos os bolsos e colarinhos da casa e teria grampeado o telefone. Mônica é peso-pesado e El Comedor adora. Os casais estabelecem as próprias regras e se entendem.

Tão antigo isso de sentir-se proprietária, de demarcar espaços. Gustavo não é meu mas faz parte da minha vida e fará sempre, de uma forma ou de outra. Somos felizes do nosso jeito, com nossas diferenças e segredos. Mônica diz que isso não é amor, mas tenha o nome que tiver, é dessa maneira que me agrada viver. Eu não preciso saber tudo da vida de Gustavo. Não me sinto disputando ninguém, não me sinto insegura, confio mais na paz que ele me dá do que numa imaginação que só quer me infernizar.

Aquele telefone ainda vai tocar muitas vezes. Deixa tocar.

Como é que se pode amar um filho às cinco da tarde e às sete desejar estar sozinha, livre para escalar montanhas, viajar de cargueiro, fazer um curso em Florença? Como posso alcunhar a mim mesma o título de Mãe do Ano se meia hora atrás suspirei fundo antes de responder pro meu caçula que sim, iria levá-lo, e a mais dois colegas, ao clube domingo? Como posso amar e reclamar, amar e praguejar?

Gustavo e eu ainda nem havíamos casado e já idealizávamos uma família, uma sociedade de quatro: eu, ele, um menino e uma menina. Um sonho classe média, um instinto que julgávamos natural. Casar, ter filhos, ser feliz. O básico.

Aconteceu mais do que isso. Casamos apaixonados e tivemos não dois, mas três filhos homens e menina alguma, sonhos não se encomendam. Fomos e somos felizes, nada se revelou trivial. Deu mais do que certo.

Nunca questionei a presença dos meninos na minha vida: é como se estivessem sempre entre nós, mesmo antes de nascerem. Em nada atrapalharam meu relacionamento com Gustavo, ao contrário, descobri nos três meninos vestígios de um Gustavo que se esconde, e assim pude conhecê-lo melhor. Fui uma mãe convencional e eles, filhos convencionais: houve excessos e chantagens de ambas as partes, amor intenso e camaradagem dos dois lados.

Todos deram alegrias, todos deram problemas. Por eles perdi o sono em noites incontáveis, por eles não economizei, por eles faria tudo outra vez. Mas não sei se faria três.

Sei exatamente da normalidade da situação, do quanto todas as mães sentem, umas de forma mais intensa, outras de forma mais velada, a urgência de uma liberdade que sabemos irrecuperável. Trabalhamos, amamos, viajamos, vamos ao cinema, engordamos. Umas arquitetas, outras lavadeiras, umas obstetras, outras biscateiras, mas levamos gravado na testa, somos mães. Mulheres porém mães. Jovens porém mães. Solteiras porém mães. Eternamente mães.

Penso nas que não podem ter as crianças que gostariam, e nas que foram mães e já não o são, pela brutalidade de um acidente ou de uma doença que as fizeram perder o filho e a condição. Não há consolo para a impossibilidade. Por isso confesso, eu peco, porque tive três filhos saudáveis e desejados, porque nada a eles foi negado, nem saúde ou desamor, e no entanto me pego, distraída, a pensar como seria a vida sem esse legado.

Haverá mãe no mundo que não tenha, por um segundo, desejado de volta aquele descompromisso por vidas alheias, que não tenha pensado uma vez sequer nos caminhos que poderia percorrer caso não houvesse filhos pra monitorar? Ou sou a mais fria entre as mulheres, ou sou a que pensa em volume mais alto.

Não sei dizer se o fato de ter desfrutado a minha mãe por tão pouco tempo me impediu de ser uma mãe mais abnegada. Não me sinto muito confortável associando uma coisa com a outra, pois conheço mulheres que tiveram mães presentes e isso não as tornou mães melhores.

Ok, Lopes, pergunte.

Sim e não. Sim, eu me sinto injustiçada por ter sido privada de algo que a humanidade considera vital para o equilíbrio emocional do ser humano. E não, não acho que eu seria uma pessoa mais afetiva caso tivesse convivido ininterruptamente com uma mãe risonha e carinhosa, aquela mãe de comercial de tevê. Sim e não, sim e não: essas duas palavrinhas são muito íntimas e fazem uma bagunça considerável na minha cabeça.

A única coisa que sei é que estou cansada de seguir as regras que a maternidade estabelece, estou fatigada desta concordância que manifesto diante de um mundo que se apresenta a mim tão terminado, estou no limite de fazer umas besteiras que considero gloriosas, pelo simples fato de serem besteiras condenáveis, eu preciso de um pouco de castigo, já que meninas sem mães costumam ser sempre perdoadas. Você sabia? Eu sempre fui perdoada por todos os erros cometidos após os oito anos.

Eu disse a você que meu casamento é pacífico e que amo Gustavo de forma irrestrita, mas você é um homem inteligente e sabe que estar feliz não significa exatamente estar de acordo. Eu estou feliz mas não sei se ainda concordo que é preciso dedicar-se exclusivamente à família, não sei se concordo que o passar dos anos exige mais freio do que aceleração, não sei se concordo com esta lenda de que todo amor vira amizade e que desejar mais que isso é imaturidade. Há lógica nisso tudo, mas não há palpitação.

Eu hoje fui dar uma das minhas aulas particulares para uma moça que está tentando seu terceiro vestibular, mas ela estava supergripada, então cancelamos e ela foi pra cama. Acabei gastando a hora conversando com o seu irmão mais velho, recém-chegado da Holanda, um médico que nas horas vagas estuda filosofia por conta própria e que, à primeira vista, revelou-se enfadonho, mas que necessitou de apenas alguns minutos para mudar minha opinião a seu respeito, tudo porque engatou uma conversa muito interessante sobre verdades e mentiras. Lopes, eu nunca estive tão disposta a ser surpreendida.

Porque se não for assim, eu continuarei com esta vida bacana de restaurantes nos fins de semana e com filhos saudáveis como prêmio pela minha perseverança e com viagens ocasionais que produzem fotos em porta-retratos e com as minhas telas que retratam uma alucinação permitida e com os meus amigos que me dão a sensação de pertencer a algum lugar. Lopes, há algo mais por trás disso. Eu só quero ter acesso.

Ontem fiquei quarenta minutos sem energia elétrica enquanto o temporal encharcava a cidade. O que faz uma mulher que não pode ligar a tevê, não pode ouvir música, não tem bebida gelada nem luz suficiente para ler? Delira.

Lopes, como fazem falta as benesses do progresso. Não entendo como famílias ainda convivem à custa de um lampião, atravessando noites amarelas, ouvindo a conversa dos grilos, curtindo o som de uma corredeira d'água e despertando com os galos. Tanta gente sonha em ser premiada com uma vida pacata e bucólica: Deus permita que não seja eu.

Não chego a ser uma urbanoide sem solução. Acho bonito árvores, flores e passarinhos, principalmente quando são vistos da varanda da suíte de um Relais & Châteaux. Normal. Gosto de natureza, desde que com alguma infra-estrutura.

Me agrada uma paisagem formada por arranha-céus envidraçados e elevadores panorâmicos. Uma semana na beira da praia e já sinto falta de uma avenida para atravessar. Cinemas, restaurantes, lojas, cibercafés, caixas 24 horas, metrôs, piscinas, calçadas: preciso sabê-los disponíveis. Necessito de uma tomada ao alcance da mão, seja para ligar o abajur, o computador ou o secador de cabelos. Tenho que ouvir algum barulhinho, o zunido de um ar-condicionado, o alarme de um carro, um jato cruzando o céu. O silêncio não me deixa dormir.

Quando eu era pequena, tinha medo do escuro e medo de ficar sozinha. Sentia a respiração de alguém invisível atrás de mim, me sentia vigiada por almas penadas, era como se estivesse cega diante de um precipício. Não me movia para não cair.

Crescida, resolvi provar a mim mesma que havia me curado dessa fobia. Estava com a turma da faculdade passando o fim de semana numa casa localizada na região serrana. O local era afastado, cercado de mato, a cidade mais próxima ficava a quinze quilômetros. Sábado à noite, todos resolveram, num ímpeto de originalidade, dançar na boate de um hotel. Éramos nove, entre homens e mulheres. Resolvi encarar a solidão: fiquei. Estava lendo *Um gosto e seis vinténs*, de Somerset Maugham, que narra o exílio voluntário de Gauguin no Taiti. Nenhum problema. Vão vocês.

Apaguei as luzes da sala e fui para o quarto, enquanto ouvia o motor dos dois carros se afastando. Silêncio abissal. Vesti uma camisetona, descobri uma garrafa de vinho aberta e levei-a comigo para a cama. Não havia terminado a leitura da segunda página quando ouvi o barulho da porta da cozinha sendo aberta, muito discretamente, como se alguém não quisesse ser percebido. Gelei.

Foi tudo muito rápido. Enquanto meu coração disparava, imaginei a cena do lado de fora, alguém observando a casa sendo abandonada por uma trupe de travoltas e deixando a área livre para um saque sem testemunhas. Quem seria imprudente de ter ficado ali sozinha, sem cachorro ou telefone? Apaguei a luz da cabeceira, me cobri com o lençol até a cabeça e ainda cuidei para não desmarcar o livro, apavorada mas esperançosa de sair com vida para continuar a história, a minha inclusive.

O ápice do pavor aconteceu quando ouvi o rangido da porta do meu quarto, aquele ruído de filme de mistério. Dessa vez não era imaginação: alguém estava mesmo respirando muito perto de mim. Fiquei imóvel, paralítica, embalsamada. No escuro, esperei ser confundida com almofadas gigantes. Vai, querido, rouba o que você quiser, tem um resto de pizza na geladeira, tem outro vinho no armário do corredor, o aparelho de som está em bom estado, a tevê não pega, mas aquele relógio de corda na sala de jantar está cheirando a relíquia, leve tudo, só não me flagre aqui, de camiseta e calcinha, dando sopa.

A porta fechou. Eu estava novamente sozinha. Ainda ouvi o barulho de uma gaveta sendo aberta, uma descarga, uma tosse. Depois, nada. Permaneci uma múmia por não sei quantas horas, pareceram dias. Não sabia se ele havia ido embora, se estava dormindo no sofá, se estava me preparando o café da manhã. Eu rezava como se tivesse nascido numa manjedoura, pai-nosso, ave-maria, santo anjo do Senhor, meu zeloso guardador, dou toda a minha coleção dos Beatles em troca do som de um motor de carro se aproximando. Cheguei a blasfemar: como queria estar dançando numa pista iluminada por um globo, com gelo-seco nas canelas e Bee Gees a todo o volume.

O dia estava quase amanhecendo quando ouvi os carros estacionando no pátio. Vozes conhecidas, conversas embriagadas. Sã e salva, suspirei. Barulho na sala, garotos indo ao banheiro, garotas tirando os sapatos, uma delas vem direto para o quarto, quieta para não me despertar. Acendo a luz, surpreendendo-a. "Você ainda está acordada, Mercedes?" Minha voz não saiu. Ela seguiu com o questionário: "E o Marcos, está dormindo?".

"Como o Marcos poderia estar dormindo se ele saiu com vocês?" "Nada disso, o Marcos desistiu do programa, o largamos a trezentos metros daqui e ele voltou caminhando, não é possível que vocês não tenham se falado."

Disparei feito um lince para o quarto do Marcos, que roncava feliz. Ladrão! – gritei, mas ele tem o sono pesado. Só no outro dia foi me pedir desculpas por não ter avisado que voltara, achou que eu já estava dormindo, apesar de estranhar que eu fosse pra cama tão cedo. Contou que também não estava muito disposto a dançar e abandonou a caravana ainda no início, enquanto dava para voltar a pé. Distraiu-se com umas palavras cruzadas, comeu um sanduíche e foi dormir, enquanto me roubava, sem saber, o sossego e a confiança na minha solidão. Ladrão! – gritei de novo, já rindo do episódio. Maluca! – devolveu ele, achando que eu dormia sempre com o lençol enterrado na cabeça.

Desde menina que tenho uma relação fantasiosa com a solidão. O breu me assusta, mas prefiro ficar sozinha a compartilhar momentos que não me inspiram nada. Ontem, durante os quarenta minutos em que fiquei no escuro, silenciosa dentro daquele apartamento, mais uma vez minha imaginação perdeu o freio e criou histórias, diálogos e situações que alternavam realidade e ficção. Tenho ido tão longe em pensamento, Lopes. Só quando a luz voltou é que consegui voltar também.

Eu não sei como funciona com os outros pacientes, se todos chegam aqui e mandam às favas sua censura interna, mas eu confesso que não tenho vontade de lhe contar tudo sobre mim. Quero dizer, até agora eu deixei meus pensamentos soltos, verbalizei tudo o que vinha à cabeça, mas tem acontecido uma coisa comigo que não me apetece falar. Acho que é porque não tenho falado sobre isso nem comigo mesma.

Para você deve ser uma chateação esse conto não conto, mas imagino que o mistério esteja incluído no preço da consulta. Não é nada sério, Lopes, uma bobagem, uma coisa até trivial nos dias de hoje, nada que vá virar minha vida de cabeça pra baixo, estou no controle, fique tranquilo. Mas é que se tornou algo tão precioso, tão secreto, que parece que vou banalizá-lo se falar pra você ou pra qualquer outra pessoa. Nem sei por que fui tocar nesse assunto. Vamos falar sobre outra coisa?

Sonhos! É mesmo, nunca lhe contei um sonho meu. Eu sonho bastante, aquele patchwork de imagens e vozes que todos sonham, histórias sem pé nem cabeça. Meu ceticismo não é nenhuma novidade pra você, então você pode intuir que eu não fico procurando significados para meus devaneios, acho que o nosso inconsciente merece liberdade. É muito repressora essa necessidade de entender até mesmo aquilo que a gente não controla. Sei que eu quero sempre compreender tudo, mas compreender algo tão fragmentado, solto e inconstante quanto um sonho é pura especulação, me soa até como violação de privacidade, já que, enquanto estou dormindo, não me pertenço.

Quase todas as noites eu sonho com águas turvas, que formam ondas gigantes e ameaçadoras, tenho certo pavor de ser engolida por uma. Eu adoro o mar, desde que ele seja paisagem. Já levei uns caldos quando era pequena, não sei se isso tem alguma relação. E, se tiver, de que me serve saber disso? Eu já sonhei com você, por exemplo.

Lopes, você corou.

Não era um sonho libidinoso. Você e eu estávamos numa festa, várias pessoas estavam, tudo muito confuso, até minha mãe apareceu por lá, mas ela tinha o rosto de uma vizinha minha com quem eu nunca troquei mais do que duas palavras, essa vizinha deve ter aparecido no meu sonho porque eu a encontrei no hall de entrada do nosso prédio naquele mesmo dia, como é que você relaciona tudo isso? Ah, nem tente. Eu, sinceramente, não sou curiosa.

A única coisa que me atrai no mundo dos sonhos é o erotismo. Acho fascinante saber que meu corpo reage a uma fantasia do inconsciente. Quando eu sonho que estou sendo beijada, eu sinto aquele beijo como se estivesse acontecendo, sinto o gosto, sinto tesão, já tive orgasmos dormindo, pena que sejam tão raros. Raros durante o sono, Lopes, na vida real eles comparecem regularmente, não tenho nenhuma dificuldade nessa área, orgasmo é o que não me falta. Me falta é desejo.

Sem exercitar a sedução, me sinto uma paralítica emocional. Por mais amor que eu sinta por Gustavo e ele por mim, a gente não flerta mais, ele me olha com olhos acostumados, nem sei se me acha bonita ou feia, e isso não faz a menor diferença pra ele. Mas pra mim faz. Eu preciso saber se ainda sou desejável, se alguém seria capaz de se apaixonar por mim estando totalmente desinformado sobre meu background, quero saber se ainda posso provocar um encantamento gratuito. Se a sociedade não fosse viciada em hipocrisia, a infidelidade seria institucionalizada, você não acha? Está rindo de quê, doutor? Não, não quero lhe contar nada. Ainda.

Hoje você está tão devagar, Lopes. Não acredito que seja porque é segunda-feira. Você realmente preferiria seguir confinado dentro de um domingo?

Domingo é o meu inferno astral. Duvido que haja algo mais entediante. É dia de descansar, de almoço em família, de ir ao parque: o domingo é benevolente demais. Não tem a malícia do sábado nem a determinação da segunda. É um dia em cima do muro, não é dia de festa nem de trabalho. Nem lá, nem cá. Nem mais, nem menos.

Suporto tudo nessa vida, menos as fases transitórias, aquelas onde já abandonamos o lugar em que estávamos mas ainda não chegamos aonde queremos. Viajar de avião, por exemplo. Tem coisa que nos deixe mais sem chão, literalmente? Estrada tem ao menos a paisagem para distrair, e quem quiser sair do carro, sai. Mas você não pode sair de um avião. Nem de um domingo.

Sempre desprezei as coisas mornas, as coisas que não provocam ódio nem paixão, as coisas definidas como mais ou menos. Um filme mais ou menos, um livro mais ou menos. Tudo perda de tempo. Viver tem que ser perturbador, é preciso que nossos anjos e demônios sejam despertados, e com eles sua raiva, seu orgulho, seu asco, sua adoração ou seu desprezo. O que não faz você mover um músculo, o que não faz você estremecer, suar, desatinar, não merece fazer parte da sua biografia.

João, meu caçula, está com onze anos e é, de longe, o meu filho mais acomodado. Nasceu cansado, talvez porque foi o último. Ele não se entusiasma com nada nem se chateia com coisa alguma. Como foi a festinha, João? Mais ou menos. Como você foi na prova? Mais ou menos. Como foi seu dia? Mais ou menos. João acha cansativo responder diferente, porque as coisas muito boas e as coisas muito ruins exigem uma explicação. Coisas mais ou menos estão explicadas por si mesmas.

O clima lá em casa não anda mal, mas também não anda muito bem. Entre mim e Gustavo, pra ser mais exata. Os garotos já estão encaminhando-se, e João, cedo ou tarde, vai ter que escolher se quer mais ou se quer menos da vida. Já ao meu casamento foram dadas todas as opções, e entramos naquela fase em que todos os dias parecem domingo. Não há euforia, mas também ninguém está triste. Não há bom humor nem mau humor, não há surpresas nem decepções. Se as coisas estivessem ruins, valeria a pena sentarmos para um papo, buscar alternativas, fazer uma terapia de casal. Mas nosso relacionamento está tão medíocre que não há o que conversar. Não sabemos que vírus nos consome, não sabemos como diagnosticar essa apatia. Somos duas sombras na parede que já não acompanham seus corpos. Eu vou para o ateliê pintar meus quadros, Gustavo sai para o escritório e as duas sombras ficam ali sentadas no sofá, preguiçosas, sem se olhar.

 Eu deveria provocar Gustavo para que ele berrasse um pouco comigo, me atirasse um copo, fizesse a mala e fosse embora de casa. Gustavo deveria me provocar para que eu sentisse ciúmes, revistasse seus bolsos, me preocupasse com seus atrasos. Gustavo e eu deveríamos começar de novo como numa segunda-feira, deveríamos ficar bonitos como num sábado, deveríamos nos amar como fazíamos todos os dias. Ele sabe, eu sei. Está na hora de saltarmos desse domingo em movimento.

Vem acontecendo há três semanas. Sim, senhor, três semanas e eu não lhe contei nada. Nem eu mesma entendo por que fui ocultar isso de você. Acho que é essa minha mania de autossuficiência, de sempre querer dar conta da minha vida sozinha. É que está indo tudo tão bem que fiquei com receio de que você quisesse investigar a fundo as razões que me levaram a cair nessa rede. Não quero investigar nada, não quero concluir nada. Talvez não seja uma atitude esperta de minha parte, mas compreenda, Lopes, é preciso um pouco de segredo e de mistério para fazer as coisas parecerem maiores do que são.

Eu apenas segui meus impulsos, por enquanto está dando certo. Eu estava em estado de contemplação, entediada pela monotonia dos dias, quando caiu do céu uma perspectiva sexual. Não procurei nada, não estimulei. Cheguei a achar que não iria passar de uma azaração sem consequências, mas fomos adiante. Está rolando. É uma brincadeirinha, nem vale a pena entrar em detalhes.

Onipotente por quê? Realista, meu caro. Sei que será um caso breve e não estou morrendo de amores por ninguém, apenas estou usufruindo uma experiência que eu já deveria ter vivido há mais tempo. Caramba, não tenho mais quinze anos, posso arcar com minhas aventuras, ou não? Sei que você não está me julgando. Eu também não estou. Sério, Lopes, nunca me diverti tanto. Não corte meu entusiasmo querendo chamar minha atenção para as implicações. Não haverá. Esse affaire não vai mudar em nada a minha vida, eu prezo muito o que construí com Gustavo. Apenas estou reservando umas horinhas da minha semana para brincar de princesa, de castelo, essas coisas que me foram confiscadas na infância e para as quais eu não tive competência quando era adolescente.

Sempre fui muito séria e ajuizada, era o que eu achava que minha mãe teria exigido de mim se fosse viva. Será mesmo que ela teria sido assim tão rígida? Meu pai fala dela como uma mulher cheia de princípios, mas não esclarece que princípios eram esses. Algumas vezes deixou escapar que ela era uma mulher livre e indomável, que não aceitava com facilidade as ideias preconcebidas e nem mesmo as pós-concebidas. Ligeiramente atormentada, mas um tormento controlável e necessário. Esse lado dela é o que mais me atrai e do qual menos informações me chegam. É como se ela fosse sensata e ao mesmo tempo insensata, e no hiato entre uma coisa e outra é que estivesse sua essência. Eu tentei agradá-la postumamente na minha adolescência, sendo uma filha-modelo, e acho que estou tentada a agradá-la de novo, só que agora satisfazendo sua versão insensata. Era para ela que eu gostaria de estar contando tudo isso, porque não havendo registro de mãe patrulhadora na minha memória, só o que penso dela é que seria uma mulher que entenderia.

Está escrito na minha cara? Jura? Estou feliz à beça mesmo, este namoro tem me revitalizado. Sinto como se eu tivesse voltado para a época da faculdade, encontrei o tão perseguido elixir da juventude. O mais estranho é que não me sinto culpada de nada, é como se eu estivesse me concedendo uma gratificação depois de anos de serviços prestados. Eu reconheço o quão cínica é essa declaração, mas tenho que abrir o jogo com você.

Não, Lopes, não penso em nada disso, eu simplesmente estou ignorando o dia de amanhã. Quero dar férias para aquela Mercedes cerebral, que nunca deixou de calcular os riscos de tudo o que faz. Eu descobri uma clareira dentro de mim, um espaço desabitado, um lado meu que eu ainda não tinha visitado, e vou deixá-lo se desenvolver naturalmente, sem a minha gerência.

Não consigo ir tão longe assim como você quer que eu vá. Não estou com a menor vontade de me antecipar aos fatos. Não me cobre juízo nessa hora. Você não é meu pai.

Lopes, é tão raro a gente se sentir feliz gratuitamente. Eu não ganhei um prêmio, eu não emagreci dez quilos, eu não estou com uma viagem marcada pra Paris, eu não comprei um carro zero-quilômetro. Eu apenas estreei um papel novo, depois de acreditar que todos os papéis já tinham sido desempenhados. Permanece sendo uma fantasia. Eu simplesmente não consigo registrar isso que está acontecendo como uma coisa real. Pode chamar de alienação, se quiser. É uma sensação de liberdade que não estou querendo configurar, é como se fosse um cochilo que eu tirasse no meio da tarde e durante este cochilo eu sonhasse ser uma Mercedes sem idade, sem estado civil, sem família, sem nenhuma dessas informações que definem quem a gente é. Uma utopia: estou vivenciando a Mercedes que não escolhi ser. Somos todos prisioneiros das nossas escolhas, por mais voluntárias que elas tenham sido. Escolhi ser casada com Gustavo, ser professora, ser pintora, ser mãe de três filhos, ser sua paciente. Não escolhi ser solteira nem ser alegremente irresponsável, então é como se eu estivesse fazendo turismo por estas não escolhas. Quando estou com ele eu não sou torcedora de time nenhum, não sou mãe de fulano e beltrano, eu deixo de ser uma pessoa rotulável, não preciso preencher ficha de cadastro, eu aperto a campainha, ele abre a porta e eu entro numa relação doce, quase pura, sem aquela sacanagem presumida que caracteriza o adultério dos outros.

A sinceridade sempre parece mentirosa. Por que você está tão reticente diante deste meu descompromisso? O que você espera que eu diga? "Oh, doutor, fui seduzida e estou vivendo um amor clandestino, o que será de minha família, como vou fazer para que ninguém descubra?" Sem essa, Lopes. Não tente provocar em mim questionamentos que não trago no momento. Não estou vivendo perigosamente. Troque o perigosamente por intensamente, inconsequentemente, apaixonadamente. Não há perigo. Perigoso é a gente se aprisionar no que nos ensinaram como certo e nunca mais se libertar, correndo o risco de não saber mais viver sem um manual de instruções.

Eu estou feliz bem agora, nesta sexta-feira, 10h47 da manhã. Não ouse me acordar.

Eu quase não vim hoje. Você sempre diz que eu não devo vir quando não estiver com vontade, que não devo fazer da terapia um momento de violação da minha intimidade. Se a pessoa não quiser falar, não fale. Se não quiser vir, não venha. É perturbador esse seu tanto faz em relação a seus pacientes, mas reconheço que é um estímulo à honestidade, ainda que a gente tenha que pagar a consulta do mesmo jeito. Quase não vim, mas não pense que estou tentando ocultar alguma outra coisa de você ou de mim. Quase não vim porque meu cabelo está medonho hoje. Juro, pare de rir. Por que você acha que estou de coque?

Você acreditava que eu não era vaidosa, mas sou. Não tenho aquela vaidade perua, de querer estar sempre bem montada, mas cultivo uma vaidade básica: escovo os dentes várias vezes por dia e gosto de estar com o cabelo sempre limpo e liso. O resto resolvo com jeans e camiseta, que elegi como uniforme até chegar aos noventa anos. Depois disso, quem sabe, eu adote o twin-set.

Tive o privilégio de nascer magra e ser magra até hoje, o que é uma bênção. Com um corpo bom e um cabelo bom, nada mais deveria tirar o sono de uma mulher. Sempre quis ser bonita de rosto, coisa que nunca fui, então tratei de valorizar o que eu tinha de apresentável. Eu não sei como os homens conseguem ser tão seguros sendo tão carecas, tão barrigudos, tão baixinhos. Vocês são um exemplo de autoestima e amor-próprio. Mulher é diferente. Uma unha quebra e a gente se ferra.

Eu não pensava tanto nisso antigamente, beleza era uma coisa que eu não tinha e não corria atrás, mas com o passar do tempo comecei a investir mais no visual, e olha, isso só demonstra que minha cabeça evoluiu. Eu, como as demais feiosas, costumava achar que quem liga para a aparência é fútil, mas a passagem dos anos me prensou contra a parede e me fez ver que um batonzinho não corrompe ninguém. Continuo sendo básica, mas já não sou tão blasée como antes.

Lopes, tenho tantos cartões de visita: meu trabalho, meu caráter, minha presença de espírito, e de repente me surpreendo analisando o tamanho da minha cintura e os vincos em torno da boca. Sei que ainda não estou despencando, me sinto inteirona, em plena forma, mas é inevitável lembrar que a estrada está encurtando. Queria parar o tempo agora. Estátua. Ninguém se mexe.

Cheguei, como você, a pensar que o fato de eu estar me liberando para fazer coisas que nunca havia feito era apenas uma maneira de recuperar a juventude perdida. Em parte, é. Mas há outros motivos. Eu estou tentando recuperar uma capacidade de rebeldia que nem sei se ainda tenho, estou negligenciando regras e convenções em busca de um prazer gratuito, preciso me sentir sem idade, e ser feliz é a única maneira de se conseguir isso.

Aprender a conviver com o efêmero é uma das tarefas mais duras que a vida impõe. Se não iremos permanecer aqui na Terra por muito tempo, é de se supor que nossos sentimentos, o brilho dos nossos olhos e nossas dúvidas atrozes também não irão existir para sempre. Então, por que se preocupar com tudo isso, não é mesmo? Mas eu não me acostumo com esta transitoriedade, mudanças me parecem atraentes e ao mesmo tempo assustadoras. Meu rosto se transforma, meus pensamentos me deixam perplexa e eu me pego asfaltando uma nova estrada pra mim, totalmente desfalcada de sinalização. Lopes, não encontro mais placas de PARE nos cruzamentos.

Eu sei que eu falei em prazer gratuito semanas atrás, e sei o que você pensa a respeito: nada é gratuito. Mas, por enquanto, não consigo contrariar essa forte impressão de que a conta não virá. Se eu sinto alguma culpa, não é pelo que faço às escondidas, não é culpa por estar me dedicando a uma experiência socialmente reprovável: é culpa, Lopes, por não sentir culpa alguma. Por estar achando tudo condizente com o meu grau de exigência em relação ao aproveitamento do meu tempo, condizente com a minha fome, que nunca foi de comida, mas de vivência.

A pergunta que mais me faço é: por que não? Desde pequena, desde que tomei gosto pelo ato de respirar e me senti atraída pelos dias que estavam por vir, horas repletas de novidade, desde que eu despertei para a leitura e que passei a sentir o sabor das coisas de uma forma muito entusiasmada, desde que eu soube que podia pensar e o pensamento era livre, que dentro do meu pensamento ninguém poderia me achar, desde que meus seios cresceram e eu descobri que pessoas tinham cheiro, desde lá até aqui eu me pergunto: por que não me oferecer para aquilo que não fui preparada? Eu tenho as armas de que necessito para me defender, e mesmo que eu perca, eu ganho, já perdi algumas vezes e sei como funciona a lei das compensações.

Quero acolher com generosidade o que em mim se manifesta de forma incorreta. Sou mãe de três filhos e mãe de uma garota inofensiva que não foi parida, preferiu ficar, tem sempre um lado da gente que não nasce e, mesmo assim, sobrevive. Não arrisco a felicidade alheia em benefício próprio, mas não me sacrifico por ninguém. Não vou pedir permissão aos outros para desenvolver a mim mesma, mando no meu corpo e em tudo o que ele confina, coração incluído, consciência incluída.

Você tem razão, ninguém está me acusando de nada. Como eu já lhe disse, eu passei a vida toda sendo perdoada. Talvez eu esteja com receio de ter ido longe demais desta vez e esteja preparando a minha defesa, caso alguma coisa não saia como o esperado. O que eu espero? Não espero nada, espero tudo, estou à deriva nessa aventura. Perdi um pouco daquela excitação inaugural, estou mais insegura. Eu queria cristalizar esse momento da minha vida, mas estou em alta velocidade, e não sei se quero ir adiante, só que eu não tenho opção. Acho que é isso, Lopes. Eu tinha opções, agora não tenho. Não consigo parar esse trem.

Pareço estar calma, não pareço? Sou quase oriental nas nossas sessões, pode reparar, nunca levantei a voz ou me descontrolei. Sou latina muito raramente. Mas tudo mudou. Ai, Lopes, ando tão mexicana...

Por dentro, quase histérica. É muita buzina, muito sol, muito batom pra fora do lábio. A vontade que tenho é de entornar vários copos de tequila e de escrever versos de amor vagabundos. Tem sido quase impossível manter-me cool, manter-me japa. Minha vida tem sido acalorada, apimentada, quarenta graus à sombra.

Gustavo ajuda como pode, mas não pode tanto. Delegou a mim a tarefa de conduzir nossos dias. O que me faz parecer assim tão forte? Sou a que controla a contabilidade da casa, a que arquiteta os planos para o futuro, a que administra os verões, os invernos, a estiagem e as inundações, sou a que segura a barra de todos, a voz que manda e desmanda, a que não dorme à noite, pensando, pensando, pensando.

Não gosto mais de lecionar. Não sinto mais prazer em ensinar. Quero aprender. Quero ser aluna de novo. Tem tanta coisa que eu não sei, e não falo apenas das questões existenciais, falo de tudo: gostaria de ter mais cultura geral, queria saber mais de história, literatura, biologia, geografia, eu sempre confundo as capitais dos países escandinavos, eu sei tão pouco sobre animais marinhos, eu nunca li Hemingway, eu poderia ao menos cozinhar decentemente, por que fui escolher ser professora de matemática, logo de matemática? Cálculos, números, decodificadores, um universo explicável: é muito fácil sentir-se um deus quando se domina logaritmos e frações mistas, mas me sinto uma ameba no mundo das verdades relativas e das respostas mais ou menos exatas.

Já não me identifico com a mulher que vejo no espelho. Descubro olheiras que me dão trabalho em disfarçar. O cabelo precisa de um corte adequado à minha idade. Que idade tenho? Pela contagem normal, quarenta e tantos. Pela contagem asteca, uns quinze. Eu não tô legal.

Tudo se dramatiza diante dos meus olhos. Posso estar nua mas me sinto num vestido floreado de cores berrantes, porque eu mesma berro por dentro e deixo escorrer o rímel que não estou usando. Mexicana. Pulseiras baratas, gesticulações excessivas, novela de última. De repente, minha vida deixou de ser um poema.

A tal intuição feminina é considerada uma carta na manga, mas ela é, isso sim, uma bomba a ser desativada a tempo. Minha intuição nunca me trouxe boas notícias.

Ele ligou hoje de manhã dizendo que precisa falar comigo. Usou o tom mais grave que conseguiu arrancar de suas cordas vocais. Quando eu sair daqui vou direto para o apartamento dele e algo me diz que não vou ser pedida em casamento.

Claro que acabou. Vou apenas ouvir pacientemente as explicações, para que ele se sinta menos canalha. E porque eu gosto de uma cena de amor, mesmo as de despedida.

Não estou sendo pessimista, as coisas começam e terminam antes que possamos ordená-las racionalmente, por dentro a coisa já vem gritando há dias. Em algum momento deixou de ser interessante para ele ficar esperando minhas poucas horas livres, ele quer companhia mais constante, uma interlocutora mais presente. Se esta outra ainda não tiver aparecido, estou no lucro.

O que eu sinto? Me dê dez minutos pra pensar. Sei lá o que eu sinto. Fiquei à toa e os acontecimentos entraram pela minha porta e vasculharam a casa, e depois de uma hospedagem gratificante estão partindo, abrindo vaga para outros inquilinos ou para um retiro monástico. No momento em que eu resolvi jogar fora as minhas chaves, fiquei disponível para o bem e o mal. Que entrem e partam da minha vida, desde que não me convidem pra sair do lugar.

Eu não me importo que acabe porque este final estava programado desde o princípio, e você sabe que eu tenho talento para seguir roteiros, mas não sei se quero que acabe hoje, o dia está ensolarado demais para emoções desconcertantes.

Um pouco tensa? Estou estupidamente tensa, se eu tropeçar quebrarei os ossos todos, de tão contraída. Tento buscar outro assunto para me distrair mas não consigo parar de olhar para o relógio, atraída por este encontro que foi marcado cedo demais, que não me deu tempo suficiente pra ir mais longe em mim mesma. Temo uma interrupção precoce. Vou ser abortada. Bienvenidos a México, meu país de adoção.

E se ele estiver querendo apenas me convidar para uma escapada no próximo sábado? E se ele tem um plano de fuga pra nós? E se está querendo me dar um presente? Daqui a pouco é meu aniversário.

Pode ser que ele esteja querendo me avisar que está com uma viagem marcada. Pode ser um curso. Pode ser que tenha falecido alguém da família dele, por isso a voz de barítono. Pode ser que ele tenha perdido o emprego. Pode ser que me ame.

Queria. Queria muito. Sei que é uma sacanagem desejar que ele sinta um amor que não retribuo, mas eu ficaria envaidecida se o conquistasse profundamente. Uma relação sem futuro, onde nada precisa ser administrado, pode revelar todas as nossas obsessões.

Lopes, o corpo reage ao coração ou reage à mente? Estou tão cansada. Quase não tenho força para falar. Hoje estou naqueles dias em que dá vontade de dormir e acordar dez anos depois. Você já ouviu falar em sono reparador? Queria dormir e acordar dez anos mais linda e dez anos mais burra. Está bem, vamos ao que interessa. Interessa a você saber que estou apaixonada?

Impressionante como essa palavra acorda os outros. Suas pupilas dilataram, eu vi daqui. Cuidado com pupilas dilatadas, doutor, elas embaçam a visão e hoje eu quero que você me enxergue bem cristalina, para depois me dizer, afinal, quem é esta que está na sua frente, semilúcida.

Eu estou apaixonada mas não é por uma pessoa. Estou apaixonada pela lembrança de algo leve, solto e rápido, como uma bola de gás que escapa da nossa mão e passa a ficar cada vez menor e mais distante. Estou apaixonada pelo impacto da vida, por um tiro certeiro e bem mirado, pelo arrebatamento provocado pelo descuido das minhas defesas. Lopes, quem está no comando dentro de nós?

Andei flertando com o perigo, você estava certo. Achei que o risco estava em ser flagrada nos braços de outro, e no entanto o perigo estava dentro de mim, dentro deste coração que empacou nos quinze anos, aquela época em que eu era uma velha e acreditava no amor. Toda mulher romântica é uma idosa. Não acredito que eu tenha caído nessa cilada. Me apaixonar por uma situação. Sim, Lopes, porque não estou apaixonada por alguém. Estou apaixonada por algo. Algo completamente intangível. Estou apaixonada por marcar encontros, por receber bilhetes safados, por estacionar olhando para os lados, temendo ser reconhecida. Apaixonada por entrar no apartamento de um estranho, por tirar a roupa, por gozar com um estranho. Apaixonada por aquilo que inspira os filmes B e os romances vendidos em banca. Quem está no comando, me diga?

É claro que ele tem rosto, nome e sobrenome. Mas isolado, longe do cenário, ele não me comove. Ele me comove acionando em mim a outra, aquela que só deixo sair da casca de vez em quando. Ele é o xerife que dá liberdade condicional ao meu lado fora da lei. Se o xerife desiste da brincadeira, ela precisa voltar para sua prisão domiciliar. Você está me acompanhando, Lopes? Eu estou sofrendo.

Não me venha falar de outros namorados, não me interessa uma transferência imediata, seria simplista demais. Quero o circo todo a que tenho direito: sedução, fantasia, tempo. Quero um romance longo, quero intimidade. Fazer cena de ciúme, terminar, voltar, amar, brigar de novo, telefonar, pedir desculpas, retornar. Amantes bem-comportadas são um tédio.

Se eu estivesse no comando, pinçaria do meu caderninho meia dúzia de frases que liquidariam a questão. "Foi bom enquanto durou." "O destino sabe o que faz." "Tudo tem seu preço." "O show deve continuar." Este tipo de clichê. Mas quem está no comando é ela, Lopes, a que não quer voltar para a cela. Rebelião no presídio feminino: ela fugiu do meu controle.

Ela é romântica como uma adolescente. Visceral. Caótica. Ela chora como uma menininha. Cria diálogos tão convincentes durante suas madrugadas insones que chega a acreditar que eles aconteceram. Viajandona. Doce. Áspera. Virginal. Ela me enlouquece. Ela determina a hora de voltar pra casa, e eu aguardo por ela com uma ansiedade quase sexual. Quem está apaixonada, Lopes? Ela por ele? Eu por ela? Ou tudo não passa de um sentimento solto, sem dono, caçoando de todos nós neste consultório?

Se foi bom? Julgue você, doutor. Enquanto durou, não ameaçou ninguém. Agora que findou, está detonando meu casamento. Foi bom?

    Um homem diz que você é linda, espetacular, a pessoa mais interessante que ele já conheceu e você, se tiver o miolo mole e vários anos de casada, acredita. E se ele morou em Amsterdã, é especialista em medicina ortomolecular e pratica esportes que exijam o uso de capacete, você vai pra cama com ele. Estou lendo na sua cara: "mais uma".

    Pois é. Outra carente existencial, outra vítima de Walt Disney, outro coração de farinha. Você sabe que eu amo Gustavo, mas entre ele e meus irmãos já não há muita diferença. É um amor tão certo, verdadeiro e inatacável que, pombas, nem parece amor, parece parentesco. Acho que não amei aquele cara, mas me encantei, e se o encanto não é um sentimento, ao menos é um sintoma.

    Ele não era bonito nem feio. Tinha um bom passado, ainda que restrito a viagens, livros e namoradas. Era um sedutor que sabia se valorizar através de um intelecto nada ordinário, mas que apesar disso foi moldado para viver uma vida normal: esposa, filhos e uma casa na praia. Fumar um baseado era a única loucura a que se permitia. Para ele, fui uma droga mais pesada: uma mulher casada para um solteiro na entressafra. Curtiu uns meses, mas foi logo atrás de uma candidata sem aliança.

Concordo com você: ele foi previdente. É preciso cumprir certas metas vitais antes de se aventurar no ilícito. Se tivéssemos o mesmo estado civil, talvez estivéssemos juntos até hoje. Mas para ele foi frugal como uma nuvem e para mim foi incandescente como o Sol, e perdoe a pieguice da descrição, Lopes, mas é que você não imagina como ardeu.

Você já chorou por outra mulher na presença da sua? Um dia vou convidá-lo para um chope e você vai me contar um pouco da sua vida. Pois eu lhe digo: é a sensação mais humilhante pela qual já passei. Ver Gustavo enxugando minhas lágrimas, que não eram para ele. Ver Gustavo preocupado com meu abatimento, que não dizia respeito a ele. Ver Gustavo me consolar de uma dor que era endereçada a outro homem, a outro amor. Um pouco de vergonha eu sinto, remorso nenhum. Precisava passar por isso para descobrir que Gustavo é, afinal, meu melhor amigo. E meu pior destino.

Não, Gustavo não sabe concretamente de nada, mas sabe muito de mim e dele próprio, e não precisamos mais que isso. Ele e eu sempre consideramos nosso encontro um prêmio, mas a palavra eternidade não está grifada na nossa certidão de casamento. Há algum tempo que estamos percebendo um mofo que não havia em nosso cotidiano. De repente, começamos a ouvir o barulho que os ponteiros do relógio fazem ao se deslocar. É fatal.

Já tocamos no assunto, vagamente. Gustavo não gostaria de se separar, mas ele reconhece que é mais por comodismo do que por romantismo. Não sabe se conseguirá viver sem mim. Não porque eu lave suas roupas íntimas, não lavo. Nem cozinho, nem passo suas camisas. Ele precisa de mim por perto, só isso. Prometi a ele continuar por perto e mais. Prometi a ele lealdade. Prometi a ele telefonar. Prometi a ele nossos filhos. Prometi a ele até um cinema de vez em quando. Não seria uma separação radical, apenas outra espécie de relacionamento, mais honesto e menos restrito.

Quanto ao outro, não sabe nada do que sinto, nada do que está me acontecendo. Talvez lembre de mim como uma mulher vivida, descolada, que lida bem com relações descartáveis, logo eu que odeio copos de plástico, canudinhos, tudo que não dure. Hoje sou cidadã de Pompeia, devastada. Amanhã, quem sabe, volte a ser um arranha-céu. Perdoe a rima cretina, Lopes, mas você tem aí um lenço de papel?

Se era amor? Não era. Era outra coisa. Restou uma dor profunda, mas poética. Estou cega, ou quase isso: tenho uma visão embaçada do que aconteceu. É algo que estimula minha autocomiseração. Uma inexistência que machuca, mas ninguém morreu. É um velório sem defunto. Eu era daquele homem, ele era meu, e não era amor, então era o quê?

Dizem que as pessoas se apaixonam pela sensação de estar amando, e não pelo amado. É uma possibilidade. Eu estava feliz, eu estava no compasso dos dias e dos fatos. Eu estava plena e estava convicta. Estava tranquila e estava sem planos. Estava bem sintonizada. E de um dia para outro estava sozinha, estava antiga, escrava, pequena. Parece o final de um amor, mas não era amor. Era algo recém-nascido em mim, ainda não batizado. E quando acabou, foi como se todas as janelas tivessem se fechado às três da tarde de um dia de sol. Foi como se a praia ficasse vazia. Foi como um programa de televisão que sai do ar e ninguém desliga o aparelho, fica ali o barulho a madrugada inteira, o chiado, a falta de imagem, uma luz incômoda no escuro. Foi como estar isolada num país asiático, onde ninguém fala sua língua, onde ninguém o enxerga. Nunca me senti tão desamparada no meu desconhecimento.

Quem pode explicar o que me acontece por dentro? Eu tenho que responder às minhas próprias perguntas. E tenho que ser serena para aplacar minha própria demência. E tenho que ser discreta para me receber em confiança. E tenho que ser lógica para entender minha própria confusão. Ser ao mesmo tempo o veneno e o antídoto.

Se não era amor, Lopes, era da mesma família. Pois sobrou o que sobra de corações abandonados. A carência. A saudade. A mágoa. Um quase desespero, uma espécie de avião em queda que a gente sabe que vai se estabilizar, só não sabe se vai ser antes ou depois de se chocar contra o solo. Eu bati a 200km/h e estou voltando a pé pra casa, avariada.

Eu sei, não precisa me dizer outra vez. Era uma diversão, uma paixonite, um jogo entre adultos. Talvez seja este o ponto. Talvez eu não seja adulta o suficiente para brincar tão longe do meu pátio, do meu quarto, das minhas bonecas. Onde é que eu estava com a cabeça, Lopes, de acreditar em conto de fadas, de achar que a gente manda no que sente e que bastaria apertar um botão e as luzes se apagariam e eu retomaria minha vida satisfatória, sem sequelas, sem registro de ocorrência? Eu não amei aquele cara, Lopes. Eu tenho certeza que não. Eu amei a mim mesma naquela verdade inventada.

Não era amor, era uma sorte. Não era amor, era uma travessura. Não era amor, era sacanagem. Não era amor, eram dois travesseiros. Não era amor, eram dois celulares desligados. Não era amor, era de tarde. Não era amor, era inverno. Não era amor, era sem medo. Não era amor, era melhor.

Dia desses eu quase chorei aqui no seu consultório, você reparou? Ainda bem que estávamos terminando e eu consegui me segurar. Não sei de onde vem este meu pudor em chorar na frente dos outros, acho que tem a ver com esta minha intransigência interna, não me permito ficar vulnerável. Se bem que não tenho sido outra coisa.

Não recordo de ter ficado assim tão mexida em outras épocas. Caramba, Lopes, claro que chorei quando minha mãe morreu, eu tinha oito anos! E choraria do mesmo jeito se ela tivesse morrido hoje. Chorar pela morte de alguém é sempre uma catarse, um transbordamento inevitável. As lágrimas à toa é que evito, porque sei que nada é à toa, me custaria muito justificar a mim mesma o surgimento delas durante as compras no supermercado ou dentro do carro, esperando o sinal abrir. Escute esta: uma vez um antigo amigo do meu pai faleceu e eu fui ao velório em solidariedade, pois sabia que meu pai estaria muito triste. Chegando ao cemitério, encontrei uma ex-colega minha que não via há bastante tempo e ficamos conversando trivialidades, como se estivéssemos num bistrô. De repente, me deu vontade de dar uma espiada no corpo. Caminhei até a capela, abri espaço entre as pessoas que ali oravam, cheguei perto do caixão, bem perto mesmo, e, você não vai acreditar, Lopes, caí em prantos sobre o defunto como se fosse uma amante clandestina. Meu pai ficou comovido ao ver o afeto que eu tinha por aquele seu amigo que, afinal, eu mal conhecia, e a viúva certamente deve estar intrigada até hoje. Não é um vexame? Desculpe, não estou conseguindo parar de rir... Lopes, eu tinha convulsões, soluçava como se na noite anterior o velho tivesse me amado selvagemente e agora eu não soubesse como sobreviver sem ele... e no entanto eu estava chorando por dores outras, a situação me serviu de álibi para eu liberar tudo o que andava congestionado dentro de mim, as lágrimas eram datadas, eu chorava por uma asfixia emocional, acho que nem estava passando por nenhum problema concreto naqueles dias, eu chorava simplesmente porque continuava viva, porque eu teria muito o que fazer quando saísse dali, porque teria que arcar com a porcaria de destino que eu havia proposto pra mim... Lopes, eu me sinto tão sozinha... tão sozinha... Droga. DRO-GA! Não queria chorar aqui, que cena deprimente, daqui a pouco minhas pálpebras vão ficar inchadas, olha só o estado do meu nariz... Natural coisa nenhuma, detesto me desintegrar desse jeito, sinto tanta... tanta vergonha... eu não sei o que está acontecendo comigo, num dia eu estou eufórica, em outro estou demolida, é uma montanha-russa torturante... Sabe campo minado? É como se eu não soubesse mais para que lado ir, qualquer mau passo pode me aleijar. Desculpe. Odeio dar chilique. Ando estressada, farta das minhas certezas falsificadas, eu sou tão cerebral que não consigo lidar com esta avalanche de sensações inesperadas. Parece que eu corri uma maratona a vida inteira. É muito desgastante manter o pique e o bom senso. Tenho sido uma carrasca comigo mesma. Não, não quero água. Estou mais calma. Ainda bem que eu trouxe meus óculos escuros, assim o porteiro do seu prédio não vai precisar chamar os caça-fantasmas quando me vir atravessar o saguão.

Não é pra menos que todos os bebês choram quando nascem. É tudo tão estranho e violento. A gente está protegido dentro da barriga da mãe, e de um minuto para o outro vai parar numa sala de cirurgia que mais parece o palco de um show de rock, com refletores pra tudo que é lado e nos braços de pessoas que nunca vimos antes. Nascer é uma novidade e é um choque. Lopes, que parto.

Uma dor anula a outra, dizem. De qualquer maneira, não pretendo deixar meu dedo preso numa gaveta para me distrair desta outra dor, a saudade. Fico com a saudade, que pelo menos não deixa marcas visíveis.

É uma dor profunda, tão profunda que as lembranças daquele cara ficam no raso, a saudade afunda nela mesma, em mim mesma. Por que ele me faz tanta falta, se nem ao menos eu o amava? Uma resposta simples era tudo o que eu queria, mas nada é simples quando a gente sai à caça da própria alma.

Certa vez meu filho menor me contou que havia desenhado sua alma durante a aula de religião, e eu pedi que me trouxesse o desenho, curiosa. Ele trouxe uma folha de papel em branco. Não lhe fiz nenhuma pergunta, apenas sorri, pois vi a alma do meu caçula bem ali, como a alma de qualquer criança, transparente, limpa. Minha alma também é invisível, mas ela foi desenhada numa folha de papel-carbono, não deixo que ninguém a toque porque solta tinta.

Meu namorado tinha lá suas manias, mas era generoso na adulação. Poucas vezes pronunciava meu nome, em compensação eu era o seu amor, a sua gata. Nos poucos instantes em que ficávamos juntos, éramos só eu e ele, eu não levava ninguém junto comigo aos nossos encontros, nem a culpa, nem a lembrança de casa, nem as palavras da Bíblia. Nunca tirei a aliança do dedo, e ela ali também não trazia um passado ou um recado: era só um anel. Como uma advogada de defesa de mim mesma, devolvi a liberdade para aquela parte de mim que o casamento havia isolado, mas o cara desertou da minha vida e voltei para minha liberdade condicional, condicionada à sociedade e aos meus sonhos de menina, uma menina que já não sou e que já não sonha. A saudade que sinto é na verdade a saudade daquela que, durante uma hora, ou hora e meia, uma vez por semana, ou duas, tirava férias do calendário, uma mulher sem antes e sem depois.

Aprendi a chorar e choro o tempo inteiro, um choro que havia sido represado e que agora jorra por todas as dores que não foram sentidas no seu devido tempo. Não tenho usado maquiagem, as lágrimas não sujam meu rosto, eu choro livre da inconveniência da vaidade. Recordo a voz dele, o silêncio dele, a música sempre a mesma que ele colocava no aparelho de som do carro enquanto percorria as ruas de uma cidade que parecia estranha, não a nossa. Quem era aquela mulher ao lado dele, aquela que conseguia ser outra e ainda assim, com muita integridade, ela mesma? Outra e ela mesma. Saudade a gente tem é dos pedaços de nós que ficam pelo caminho.

Derreto no sofá da sala e nem está quente. Pés com meias, mãos vazias, a aliança voltando a ser mais que um anel. Poderia pegar o telefone e chamá-lo, vamos nos ver mais uma vez, e talvez ele respondesse sim, também estou sentindo sua falta, e lá iríamos rumo a um local qualquer, onde recordaríamos aquela paixão que prometia, mas que foi insuficiente para se cumprir. Parece fácil, mas choro um pouco mais, pois ele tem também seus pedaços para resgatar, e os dele não estão onde perdi os meus.

Espelho, espelho meu, existe alguém mais egoísta do que eu? Tô sabendo, Lopes: sou apenas um reflexo desse mundo individualista, onde todos estão voltados para o próprio umbigo.

Meus filhos, meu marido, meu lar, minha profissão, minha agenda, minha cabeça, meu coração, tudo meu, meu, meu. O que acontece com os outros que possa vir a me interessar? A experiência deles, talvez, mas nunca um fato que seja alheio à minha pessoa, que não me comova ou me alimente. O inferno não são os outros. O inferno são os outros sem atrativos para mim.

Megera, assumo. Meu egoísmo não é material, não é financeiro: gosto de dinheiro mas não sou escravizada por ele, distribuo o pouco que ganho sem pesar. Meu egoísmo é o de não conseguir repartir emoções. Não tenho conseguido dar nem receber. Só atento para o que nasce em mim e em mim se desfaz, morre, é consumido.

Meu egoísmo é revelar só um pedaço do que sou, só a parte boa, a mocinha da história. Tenho, dentro de mim, um elenco de coadjuvantes que não deixo que brilhem, que não dão autógrafos nem saem nas capas de revista. Egoísta. Poupando o mundo do meu lado sórdido, que costuma ser o mais interessante.

São meus os meus sonhos eróticos, meus os momentos de isolamento, são meus os devaneios, minhas as omissões. Os disfarces são meus, a boa mãe que sou em termos, a esposa perfeita que mais ou menos, a amiga leal que nem tanto. Não faço maldades, não prejudico ninguém, mas não me dou inteira.

Egoísta!, bradarão os anjos ao me receberem para o Juízo Final. Não sei se me deixarão entrar, não sei se confesso agora o meu desdém pela opinião alheia ou se corro o risco de ser deportada do paraíso. Egoísta!, bradarão em coro aqueles a quem não me revelei.

Nunca roubei, nem matei, nem enganei no troco. Não me lembro de ter deixado um telefonema sem resposta, uma amiga esperando por mim. Nunca cheguei atrasada, nunca faltei com o respeito, nunca neguei carinho, abraço e mesada, nunca pisei em alguém, nem difamei, nem forcei passagem. Ultrapassei os limites de velocidade, às vezes, mas não atropelei pedestre algum, não violei a lei, não blefei. Pecar, pequei.

Não acreditar em Deus foi o caminho mais fácil para não me torturar, para não me penitenciar por não ter seguido os mandamentos todos. Não sei de cor quais são, nem quantos. Sei que não poderia obedecê-los, seja por implicância ou contravenção. Ninguém se mantém integralmente puro sem enlouquecer.

Egoísta. Guardo para mim as palavras que não me atrevi a pronunciar, os planos descartados e os fetos de mim mesma que abortei. Poupei os outros do meu lado mais cruel e impactante, o meu lado mais insano e fascinante. Tenho tudo o que quis, tenho mais do que planejei, e mesmo assim – egoísta! – mal vejo a hora de recomeçar. Não sei se nasci para desempenhar o papel que me foi reservado. Tenho um bom currículo e alguns bens, mas o que é mais meu, minha maior propriedade, nunca foi declarada, minha loucura ninguém sabe onde mora, minha fé nem eu mesma sei onde se esconde.

Deus? Pergunta difícil a sua. Já tem sido deveras estafante acreditar em mim mesma. Mas de uma coisa você pode estar certo, não creio numa onipresença a serviço do bem, numa generosidade cósmica a nos zelar. Deus é o quê? Fé. Acreditar na existência de uma força suprema que segure as rédeas pra nós de vez em quando. Deus é uma área de repouso, é umas férias que a gente se concede em meio a tantas decisões a tomar. Deus assume como interino enquanto a gente descansa da gente mesmo.

Lopes, que bom seria se existisse mesmo um sábio velhinho que jogasse os dados por nós: avance duas casas, dobre à direita, avance mais uma, espere sua vez de jogar, agora volte três casas, bravo, amém.

Não lembro quem me ensinou a rezar. Fiz a primeira comunhão no colégio como se estivesse fazendo um trabalho em grupo, sem consciência do rito de passagem. Melhor assim. Não queria ser abduzida para aquele mundo de pecados e culpas, de votos de pobreza e castração. Procurei selecionar dos sermões aquilo que poderia me servir, e me serviu a ideia de que é possível que exista algo muito maior do que nós, muito mais forte do que nossas vontades, muito mais poderoso do que nosso pensamento. São inúmeros os fiéis neste planeta, algo deve haver por trás de tanta devoção. Em todo caso, não optei pela obediência nem me deixei seduzir pela liderança: minha única vaidade religiosa é me reconhecer humilde.

Mais do que isso seria pedir demais de mim. Eu uso com regularidade expressões como "graças a Deus", "pelo amor de Deus", "que Deus te ouça", mas Deus é o apelido que dou à sorte. Em sorte eu acredito.

E lhe digo, Lopes, que é uma sorte ter chegado até aqui com a família que me gerou, mesmo desfalcada, e com o casamento que tive, mesmo que esteja acabando, e com as vivências todas, mesmo as sofridas. Tenho a sorte da consciência desperta, dessa consciência atrapalhada, que ora se revela transparente, ora obscura, mas ainda assim provocativa, uma consciência que se dilata e se contrai mas que está em movimento, sem ela eu estaria tão motivada pra vida quanto este tapete.

Religião é apenas o que nos distrai desta consciência vigorosa de tudo. Religião para o meu pai foi a bocha, por muitos anos ele jogou numa cancha perto de casa. Religião para o Gustavo é o trabalho. Religião para mim? Pintar. Eu gosto de ler também, mas leitura é uma consciência composta, a sua e a do autor se fundindo, leitura é quase uma pretensão, você e um cúmplice reinventando verdades, confirmando-as, denegrindo-as, todo livro é uma bíblia, e religião não é isso pra mim, é escape, repouso, fuga: meus quadros. Pintando eu me mantenho inconsciente.

Blasfêmias, pode ser. No fundo eu não penso muito nisso, Lopes. Não sei por que você foi me questionar sobre este assunto. Estou vivendo um dos momentos mais delicados da minha vida, não consigo me concentrar em nada, já não sei o que faz sentido e o que não faz. Me separar de Gustavo parece uma ideia tão insana quanto continuar casada com ele. Sofrer, seja lá por qual razão, me parece uma estupidez, e ser feliz, idem. Isso é inconsciência? Então estou mais espiritualizada do que nunca, deixando os acontecimentos fluírem conforme a vontade divina, como se eu não precisasse participar ativamente de nada. É de Deus que sinto falta nessa hora, mas é difícil glorificá-lo e ao mesmo tempo baixar o seu status, resumindo-o a um anestesista.

Gustavo estava bonito como no dia do casamento. Seria capaz de jurar que estava com o mesmo terno, seu corpo não mudou quase nada. O rosto, sim. O rosto era outro, mais envelhecido, os cabelos mais grisalhos, o olhar opaco. Gustavo não parecia ter a idade que tem, parecia um senhor idoso, ou seria a tarde úmida que estava pesando sobre seus ombros? Minha aparência não deveria estar melhor do que a dele.

Nem todo o batom do mundo conseguiria ter me deixado bonita ontem, dia do nosso divórcio. Eu sonhei muito com este dia nos últimos meses, sem no entanto acreditar que chegaria. Sonhava em ter alívio imediato, recuperar meu sobrenome e minha solidão, mais espaço nos armários e liberdade para trocar de canal. Não queria mais ouvir o ronco de Gustavo, ouvir a tristeza de Gustavo, ouvir os telefonemas sussurrados na extensão da cozinha. Queria desmaterializar sua escova de dentes, esquecer o barulho do motor do carro quando ele chegava em casa, nunca mais sentir o cheiro da loção de barba que ele usava. Não queria mais ser infeliz com Gustavo. A dúvida é: saberei ser infeliz sozinha?

Tantos casais mantêm seus casamentos por causa dos filhos, é irônico que o nosso tenha sido desfeito com a condescendência deles. Os três praticamente pediram que nos separássemos, que desfizéssemos o trato. Parece tão simples para eles: vocês não se amam mais, discutem mais do que conversam, sofrem mais do que se abraçam. Vocês têm o emprego de vocês, os amigos de cada um, interesses que não combinam. Transformem uma vida chata em duas vidas divertidas. Deem cria de vocês mesmos. Não, eles não disseram com essas palavras, fui eu que entendi assim.

Tenho uma vontade imensa de chorar. Chorar pelo que houve de bom entre nós, e pelo que houve de eterno. Chorar pelos olhares telepáticos que trocávamos, pelas mãos dadas no cinema, pelas imitações que ele fazia de mim e eu odiava, mas que era um sinal de que ele ainda me via. Chorar pelo primeiro beijo, na beira da praia, e pelo último, que talvez ainda não tenha sido dado. Chorar porque não o amo mais, ele tampouco a mim, dois adultos que decidiram seus destinos sem facadas, sem tiros e sem vulgaridade, chorar por essa sensatez, esse racionalismo, essas cicatrizes que ficam mesmo assim, chorar pelo instante em que os dois, juntos, desligam-se da tomada e tudo fica escuro.

"Senhor Gustavo, existe alguma possibilidade de reconciliação?" Não, respondi, me antecipando a ele, e minha voz saiu mais alta do que eu gostaria. Não, não, não! Não queria ouvi-lo antes de mim. Não queria ser magoada. Nunca vou saber que resposta ele daria.

    Na saída, Gustavo disse que ainda passaria lá em casa para buscar alguns papéis. Estávamos tristes e falsamente otimistas. "Vai ser melhor pra todos" foi tudo o que consegui dizer. "Amanhã vais acordar mais leve", disse ele me beijando a face. Depois de tanto tempo, ele ainda não sabe tudo de mim.

Acho que este foi o descontrole mais longo e caro da minha vida, você me deve um desconto na consulta. Fazia tempo que eu não chorava desse jeito, vinte minutos sem parar. Em que é que você fica pensando enquanto vê uma paciente se desestruturar na sua frente?

Lopes, nunca pensei que fosse tão difícil. Não consigo colocar a cabeça no lugar. Depois de tanto tempo vivendo com uma pessoa, a gente não é mais tão único como supõe, o ser humano é solvente: se mistura com a vida dos outros e depois só com mágica é possível separar as partes. Divórcio deve ser um alívio para quem apanha, para quem sofre o casamento na carne, mas não era o nosso caso. Eu e Gustavo sofríamos dores sofisticadas, provocadas por reflexões acerca de liberdade, fidelidade, amizade. Tudo tão pensado, tão lúcido, que a gente achava que o sofrimento seria igualmente sereno, mas de minha parte está sendo uma pedreira. Perdi o chão. Não tenho para onde ir nem para onde voltar. Não consigo nem mesmo definir o que sinto, se é saudade ou se é medo. Acho que é medo.

Quando penso em voltar atrás, não é voltar para aquele dia no tribunal e rever minha decisão. É voltar muito mais atrás, pra muito antes dos meus pensamentos levianos e filosóficos, antes de todas as leituras que me fizeram questionar minha existência, antes até mesmo do dia do meu casamento: eu precisaria fazer uma regressão até a minha infância, lá onde cultuei as verdades dos outros e me deixei conduzir por uma vida que dentro de mim eu sempre soube inventada. Alguém um dia escreveu que o homem está condenado a ser livre, acho que foi Sartre. Tem sido dilacerante pra mim aceitar que a vida sem laços é a única liberdade possível. E se não for? E se Sartre estava redondamente enganado, e a liberdade for, ao contrário, a mescla com outras vidas, e se a liberdade for o autoconhecimento gerado pela convivência, e não pela reclusão, e se tudo o que eu li e vivi até hoje foi desperdiçado por esta minha busca idiota por uma verdade soberana?

Lopes, olhe para a quantidade de livros que você tem nesta estante. Bilhões de palavras, todas tentando caçar a verdade. Abra esta persiana e me diga quantas pessoas você enxerga caminhando pela calçada, quantas estão dirigindo automóveis, quantas estão confinadas nos ônibus. A verdade delas é mais valiosa que a minha? É igual a minha? É mais burra que a minha? Quem é que estabelece esses critérios? O pensamento da gente é tirânico.

Isso tudo me funde a cabeça. O que eu mais desejava era me desresponsabilizar pelos outros, e consegui. Estou novamente solteira e meus filhos estão cada dia mais independentes. Eu deveria estar dando uma festa, mas não sei viver assim na prática. A liberdade é atraente quando existe como promessa, mas nos enlouquece quando se cumpre.

Não sei, não sei, não sei. Você está me fazendo as mesmas perguntas que eu me faço, e a minha única resposta é não sei. Não queria seguir casada, não quero ficar sozinha, não sei se ainda amo Gustavo, não sei se já o amei um dia, não sei o que fiz disso que chamo de vida, não sei por que estou tão desesperada. Medo, Lopes, aquele mesmo medo de mim, outra vez.

É confuso. Tudo que sinto é enorme e ao mesmo tempo me faz sentir pequena. A solidão é gigantesca e me faz sentir mínima.

É muita separação para uma mulher só. Teve aquele cara, que preencheu meus dias com sexo, romance e aventura, e me deixou. E agora Gustavo, que preencheu minha vida com amor, família, cumplicidade, catolicismo e lugar-comum, tudo como costuma ser planejado no reino das moças de boa índole, e também acabou. Em troca de quê? De um futuro pela frente que não sabemos quanto tempo irá durar e muito menos que benefícios trará.

Não era justo continuarmos feito irmãos e com desejos reprimidos. Feito amigos e com projetos paralelos. Feito santos e com desejos obscenos. Feito marido e mulher conformados. Não que a gente estivesse insatisfeito um com o outro, mas estávamos insatisfeitos particularmente. Duas infelicidades que não trocavam ideia, que não se compartilhavam. E agora que acabou não me sinto muito melhor que antes. Vai passar, Lopes?

Sei. Etapa de ajustamento à nova situação. Por que temos que nos acostumar com tudo o que nos acontece para podermos ser felizes? Não dá para ser feliz na inquietação?

Sinto falta dele, sim. Não do seu corpo, não da sua presença física. Sinto falta da sua invisibilidade. Do que acontecia à sombra. Sinto falta dos seus ruídos sistemáticos, repetidos todo dia à mesma hora e que já nem destoavam do silêncio. Sinto falta da moderação dos dias, de uma situação estável, ainda que o amor estivesse instável. Ai, Lopes, sinto falta mesmo é de não sentir nada. Eu não sentia nada. Era tão bom.

Agora meu coração parece um caleidoscópio. Passam-se os minutos e tudo muda: salto da euforia para a depressão, da depressão para a apatia, da apatia para a esperança, da esperança para o choro, do choro para a risada, da risada para o arrependimento.

Sei que nenhuma pessoa se separa e no dia seguinte amanhece cantando no chuveiro. Dói, é claro. Imagino que no caso meu e de Gustavo a dor seja até mais resistível, já que foi tudo decidido com diplomacia e cortesia, as discussões foram assépticas. Nem consigo imaginar como devem ser os casos litigiosos, em que a relação vira um campeonato pra ver quem consegue fazer o outro sofrer mais. Vai ver é até melhor. Um pouco de sangue é praxe. Lopes, me receite alguma coisa para dormir cem anos.

Me sinto miúda, esquálida, só osso e pele. Estou perdendo cabelo, mas meu cabeleireiro, o Renê, falou que é por causa do início da estação. Dizem que está começando o verão. Mentira. Morro de frio neste isolamento, neste enfrentamento, nesta lua nova que se inicia.

Obrigada, às vezes a gente esquece como é bom receber um elogio. Por fora estou mais apresentável, mas por dentro as mudanças ainda me desalinham. Torço para conseguir passar 24 horas sentindo a mesma coisa, seja o que for. Um dia inteiro triste, ou um dia inteiro alegre. Por enquanto sigo alternando sobriedade e embriaguez emocional. Sou capaz de dizer as coisas mais lúcidas a respeito de relacionamentos e no minuto seguinte me acabar chorando no banheiro.

Gustavo esteve lá em casa ontem à noite. Foi muito estranho recebê-lo como uma visita. Ele nem ao menos sabia onde sentar, parecia que nunca havia pisado naquele apartamento. Perguntei se ele queria beber alguma coisa e tivemos um ataque de riso. Ele se levantou e se serviu de uísque, mas pediu que eu fosse até a cozinha buscar gelo, e eu concordei, o homem com quem a gente descasa não pode continuar abrindo nosso refrigerador. Por um momento, tudo pareceu uma grande brincadeira, mas nossa descontração era nervosa, sentíamos que algo havia mudado de forma irreversível, restava descobrir o quê.

Renato não estava em casa, apenas Leo e João. Cumprimentaram o pai de uma maneira mais afetuosa do que o habitual, e depois cada um voltou para sua televisão e seu computador. Deixaram-nos a sós para estabelecer as novas regras.

Falamos basicamente de dinheiro, essas questões inevitáveis sobre quem paga o quê daqui por diante. Os advogados já haviam nos orientado sobre esse assunto, mas havia algumas pendências a serem discutidas. Acho que não entraremos em atrito. As despesas maiores estão relacionadas com os garotos, não serei orgulhosa e aceitarei o que vier em nome deles, não tenho mesmo como segurar a casa sozinha. Não sou uma mulher de grifes e frescuras, garantirei a minha parte, eu saio em conta. O apartamento fica comigo, ele já alugou um flat e se muda semana que vem. Está num hotel e diz que não se aborrece lá. Gustavo sempre adorou hotéis. Às vezes eu me pergunto se a nossa casa não era uma espécie de hotel para ele também, um lugar com o qual ele não se envolvia, apenas pagava as contas no final do mês. Depois fico pensando: e daí? E daí se a nossa casa era um hotel pra ele? Por que essa mania de racionalizar tudo, de querer encontrar novos significados para os fatos? Hotel ou cativeiro: ele era um homem que tinha prazer em voltar pra casa. Bastava.

Correu tudo tranquilamente, até o momento em que ele se levantou e começou a se despedir. De uma hora para outra minha garganta secou, senti uma falsa cordialidade na minha voz, forcei uma simpatia que não estava sentindo. Bateu um ódio retroativo, tive vontade de empurrá-lo contra a parede e dizer escuta aqui, não há nada te incomodando?, você não tem chorado?, não se dá conta da meleca que fizemos?, a vida segue razoável?, então você é mesmo um cara cordato?, então eu é que sou louca e fico ruminando dia e noite sobre se foi uma decisão acertada ou se foi precipitação nossa?

Tá tudo bem com você? Foi a única coisa que eu perguntei, simpaticamente: tá tudo bem com você, Gustavo? Ele respondeu: a gente acostuma.

Agora éramos amigos. O que sempre fomos. Foi isso o que nenhum de nós se atreveu a admitir.

Me lembro quando fomos apresentadas, eu estava casada havia uns seis anos, Gustavo trabalhava com o marido dela, houve um jantar comemorativo da empresa e sentamos à mesma mesa. Desde então passamos a nos ver esporadicamente em lugares públicos. Conversas amenas, intimidade nenhuma. Uma vez ela esteve em nossa casa, conheceu os meninos, elogiou meus quadros. Não parecia ser uma mulher de muitas amigas. Inventou-me, idealizou-me, capturou-me para seu círculo íntimo, mas eu não saí do lugar. Ela fundou nossa amizade sozinha. Eu apenas fui cortês.

Depois de tanto tempo nessa relação infrutífera e unilateral, ela ainda me leva em consideração, parece gostar realmente de mim. Recebi poucas visitas depois que me separei, Mônica me deu apoio, e Renê, dono e senhor de minhas melenas, me deu Dormonid, o que também foi muito útil. Não me abri com Renê, mas ele não negou a fama da sua profissão: soube do meu novo estado civil antes de todos.

Então ela, esposa de um colega de Gustavo, alguém com quem nunca dividi tristezas, dúvidas, risadas, alguém com quem mantive alguns anos de relacionamento protocolar, de repente volta à minha casa, senta no meu sofá, toma meu café, meu tempo e me consola.

Meu abatimento não é visível, ela não enxerga minha dor, pois já não sangro por fora. Como toda mulher, no entanto, ela imagina o tamanho do buraco que ficou, e por pouco não acerta. Passa alguns minutos dissertando sobre solidão, sobre destino, sobre estatísticas. Quase pego no sono, mas não deixo meu pires cair. O café terminou. Hora de ir embora, mas ela fica. O show começa agora.

Primeiro ela fala do meu senso de humor. Depois da minha inteligência. Depois do meu estilo de vida, dos livros que tenho, da educação que já não se vê hoje em dia, de como eu sou agradável, de como a acolhi quando nos conhecemos, em como ela era agradecida por minha bondade, por minhas palavras gentis, em como era importante para ela conhecer alguém que administrava tão bem o cotidiano, em como invejava o meu sucesso enquanto pessoa. A expressão é dela: o meu sucesso enquanto pessoa.

Ela ainda não havia terminado sua declaração de amor quando comecei a sentir ódio de mim. Quem era a mulher por quem ela dizia ter tanta admiração? Quem a havia acolhido, quem era gentil, quem era um sucesso enquanto pessoa? Quase abri a porta para conferir o número do apartamento: uma de nós estava no lugar errado.

Era repulsiva, para mim, a ideia de ter enganado tão bem outra pessoa, de ter vendido uma imagem que não correspondia à realidade. Nem para meus filhos eu era tão boa, nem para Mônica eu era tão gentil, nem para Tati, amiga nova por quem eu começava a sentir afeto, eu andava sendo tão agradável. Como foi acontecer de essa senhora, por quem eu jamais mexi um dedo, a quem jamais tive intenção de cativar, surgir em minha casa para me enaltecer?

Marketing pessoal. De repente fui me dando conta de todos os truques sociais que eu havia utilizado, do bom comportamento que originou toda essa confusão. Ela comprou de mim uma amizade que eu não tinha para pronta-entrega. Iludi essa mulher com sorrisos mecânicos e um café passado na hora.

Não gosto de nada que é raso, de água pela canela. Ou eu mergulho até encontrar o reino submerso de Atlântida, ou fico à margem, espiando de fora. Não consigo gostar mais ou menos das pessoas, e não quero essa condescendência comigo também. Pareço transparente e azul, mas é tudo anilina, sou uma praia de cartão-postal. Queria poder dizer a essa mulher de pernas cruzadas e costas eretas que se ela fosse mesmo minha amiga estaria estirada no sofá, com as pernas em cima da mesinha de centro e pedindo que eu colocasse um disco. Que se ela fizesse parte do meu mundo, não estaria usando essa echarpe rosa-bebê nem teria exagerado tanto no perfume, e muito menos falaria o português correto. "Eu lhe admiro tanto, Mercedes." Amigas não usam *lhe*. Amigas morrem de rir, mesmo em velório. Amigas debocham, liberam, recordam, comentam, confessam, perdoam, comungam e exorcizam fantasmas com litros de vinho branco. Duas amigas e uma tarde livre é o paraíso. Não ficam olhando para o relógio como eu e essa estranha.

Ela se vai. Me abraça apertado, compartilha minha dor, eu que já nem lembrava que a visita era de condolência. Tento parecer mais triste do que realmente estou. Ela diz para eu não deixar de telefonar, que sempre que eu me sentir sozinha ela virá, que ela tem uma turma de biriba que é ótima, irão me adorar. Ela realmente me quer bem. Três beijinhos. "Pra casar de novo." Eu mereço.

Achei que ao chegar à meia-idade seria presenteada com uma coisa que vale ouro: letargia cerebral. Jurava que depois dos quarenta iria sossegar o facho. Teria as mesmas necessidades que os outros, pensaria como os outros, me enquadraria num comportamento aceitável. Nada disso, Lopes. Continuo ilhada nos meus pensamentos, criando o meu próprio conceito do que é certo e errado. Pior: achando que tudo está certo, inclusive o errado.

Eu vejo esse pessoal com piercing na língua e na sobrancelha e me espanto com a facilidade com que eles expressam seu inconformismo, mas é um inconformismo padronizado, com fotos publicadas em revistas de moda. Fica datado, vira registro de época, e o que tanto os inconformou acaba sendo deixado em segundo plano. Se eu pintasse meu cabelo de rosa-choque eu me sentiria a mais careta das mortais. Eu sou rosa-choque por dentro.

Sexo, Lopes. Esse é meu piercing, minha tatuagem, minha gíria. Sexo. Isso que os casais fazem três vezes por semana. Isso que praticam os namorados, os amantes, os amigos e até alguns inimigos. Isso que vende lingerie, perfume, uísque, cruzeiros marítimos, jeans, carros, creme dental. Use Close-Up e ganhe um beijo. Use Du Loren e seja currada. Sexo 24 horas por dia. Minha cabeça virou uma televisão ligada dia e noite num filme pornô.

Você sabe o que me faz roer as unhas, não sabe? Acho que transar deveria ser um ato tão corriqueiro quanto abrir um refrigerante, mas nem sempre a vontade de um gole ocorre dentro de casa, onde a geladeira está à mão. Minha sede acontece nos locais mais inadequados e por motivos tão puros que são quase perdoáveis. Lopes, ando abençoando até sexo entre parentes.

Tem sido uma ideia fixa e você deve saber as razões, mas não me conte. Por que o banho é um ritual rotineiro e sexo não? Por que o sexo tem que vir com garantias de amor, reciprocidade, atestado de saúde, carteira de identidade? Sexo deveria ser como uma chuveirada. Uma gargalhada. Sexo com amor deveria ser como voar de primeira classe, um privilégio de poucos, mas sem esquecer que a classe turística também merece chegar ao paraíso. Sexo econômico. Sem luxo, sem champanhe, sem lençóis de linho. Por que custa mais caro?

Acalme-se, Lopes, não estou pensando em trocar de profissão. Apenas estou aproveitando que estamos só nós dois aqui para exercitar minha loucura, você sabe que na rua não pode. Você acredita mesmo que a sociedade estabeleceu as melhores regras para o jogo da vida? Família, profissão, maternidade, casa própria, endereço fixo, previdência privada, estarão todos de acordo? Não lembro de ter assinado embaixo e reconhecido firma em cartório.

A loucura mora tão perto que sinto o cheiro do seu feijão. Bastaria tocar a campainha e ela me deixaria entrar, sentar no seu sofá, dormir na sua cama, ler o seu jornal.

Não acredito que haja apenas uma maneira de viver, com aventuras parcialmente aceitas e alguns excessos tolerados. Viajei pouco, confesso: o Ocidente é tudo o que conheço, uma sociedade padrão, em que todos sabem utilizar os talheres e dizer obrigado em inglês. Como será uma sociedade tribal, nômade, xiita?

A utopia de um mundo sem regras, onde todos agissem pelo instinto, virou o playground dos meus neurônios. Cansei do normal, quero fugir do estabelecido, do programado, da claque que aplaude cada ato bem pensado. Lopes, como sair de um jogo em que você está ganhando mas também está perdendo? O que você tanto anota neste bloquinho, hein?

O mais engraçado ou trágico dessa história é que quando esta consulta terminar eu vou sair daqui e vou passar na padaria, depois vou botar gasolina no carro e darei uns telefonemas quando chegar em casa. E vou ver televisão, jantar, botar o relógio para despertar e dormir.

E acordar no outro dia, escovar os dentes, vestir um casaco, trabalhar e conviver em sociedade com harmonia e educação, e ninguém perceberá a erupção que tento conter. Mulher divorciada, professora, três filhos, pintura como hobby: você acredita nesses resumos? E o nosso lado serial killer, marilyn monroe, al capone, simone de beauvoir, ku klux klan? Para onde vai tudo o que a gente pensa e reprime, tudo o que a gente ouve e estoca, tudo o que a gente lê e compreende, tudo o que a gente vê e não toca? Para onde vão as ideias que a gente consome e os sentimentos que nos envergonham? Vida interior. Nem mil anos bastariam para eu assimilar tudo o que sinto e acomodar toda essa trupe em mim.

Se você olhar para o seu relógio agora, vai ver que falta pouco mais de um minuto para eu ir embora. Você tem sessenta segundos para reparar que estou com as unhas feitas, o cabelo limpo, as pernas cruzadas e a bolsa combinando com o vestido. Meu tom de voz não está alterado. Minhas contas estão em dia. Meu carro está estacionado em local permitido. Meu olhar não está parado. Sei que dia é hoje e em que cidade estamos. Não há nada em mim que você possa usar para justificar uma internação. Lopes, que bando de artistas somos nós.

Sempre achei patética a cena de alguém chegando bêbado em casa e não conseguindo colocar a chave no buraco da fechadura. A última vez que cheguei em casa às três da manhã deve ter sido quando eu tinha dezenove anos, faz um bocado de tempo. Detesto dormir tarde, e nisso Gustavo foi uma espécie de alma gêmea. Meia-noite era nosso limite. Dormir, dormir, dormir, como achávamos isso tentador. Não é para menos que estejamos divorciados.

Só que agora não posso me dar o luxo de passar as noites vendo tevê. Já há meses solteira, preciso arejar um pouco, conhecer outras pessoas, paquerar, dançar, e isso não se faz às duas da tarde. Tive que entrar nos embalos de sábado à noite, o dia preferido de Tati, uma amiga nova, que é quem está me iniciando na arte de procurar companhia.

Tati nunca casou, ao menos não formalmente. Viveu com uns oito caras diferentes, segundo as contas dela, que é péssima em matemática. Não é espetacular, a Tati, mas é gostosa. Faz um tipo. Tem um corpo esculpido por Michelangelo e um rosto que já não é de anjo, mas que ainda leva os desavisados às nuvens. Tem tara por couro, por cordões dourados, por salto alto, por unhas compridas, por perfume doce, mas não é loira. Tati tem a minha idade, mas parece bem menos. Bebe, fuma, quase nunca dorme sozinha e mantém aquela aparência de quem acabou de sair de um spa. Virou minha parceira de noitada.

Sábado passado o programa era um singelo vernissage, mas Tati inventou de esticar. Falou de um bar de singles. A simples menção dessa palavra me fez correr para o ponto de táxi, mas ela me agarrou pela bolsa e disse que era um lugar classudo, meio nova-iorquino e que só tocava jazz. Na hora me veio a imagem de uma daquelas locações dos filmes do Woody Allen, acabei topando. O lugar chamava-se Boca da Noite. Nova-iorquino pra burro. Quanto à freguesia, chegamos tarde demais, os classudos já tinham voltado para casa e cedido lugar aos sem classe alguma. Homens de camisa aberta no peito e crucifixo pendurado. Mulheres de vermelho, de laranja, de verde. Muita fumaça de cigarro. O vinho da casa, servido em cálice, eu não ousaria servir como vinagre. Tati piscou o olho e me disse "o Harlem também é Nova York". Antes que eu pudesse responder, um negrão me tirou pra dançar.

Dancei duas horas sem intervalo com um clone do Denzel Washington. O cara era elegante, educado e cheirava a Azzaro. Não trocamos palavra, muito menos número de telefone, o que deixou Tati desapontada. Ela disse que éramos os donos da pista, que a casa parou para nos ver bailar. Pode ser. Admito que me diverti bastante, mas às três da manhã, depois de quatro cálices de vinagre, só então percebi que estava tentando abrir a porta de casa com a chave do correio. Lopes, madrugada é para quem tem gás, e eu sou movida a energia solar.

Estava observando, ali fora, na sala de espera, a mãe da paciente que estava aqui com você antes de mim. Ela sempre aguarda a filha, você sabe. Parece bem mais jovem que eu, deve estar em torno dos 35. A gente se cumprimenta com um sussurro respeitador, quase não ouvimos a voz uma da outra. Ela me olha e deve se perguntar que diabos faço aqui, o que tanto tenho pra discutir com um psiquiatra, se a minha história é parecida com a dela. Já eu fico me perguntando até onde vai a curiosidade dela sobre o que a filha relata aqui dentro. Até onde ela é responsável pelo que a menina sofre ou deixa de sofrer. E principalmente: qual seria a versão dela, a da mãe.

Cada pessoa tece a sua própria versão dos fatos. Cada um de nós tem uma maneira particular de perceber as coisas, e há diversos graus de intensidade no sentir, o que torna absolutamente infrutífera essa perseguição pelo senso comum. Hoje almocei com Mônica e mais duas amigas, éramos quatro mulheres da mesma geração, com histórias relativamente parecidas, e no entanto ficou mais uma vez evidente que temos um mundo particular intangível. Tudo o que acontece é metabolizado de forma distinta por cada uma de nós. Das dores de uma, debocha-se. Das frivolidades de outra, compadece-se. Mesmo tendo uma escala de valores semelhante, ninguém sente coisa alguma da mesma forma.

Eu e você, por exemplo, Lopes. Eu já lhe contei coisas que me pareciam bastante sérias e que pra você talvez tenham soado infantis. Se alguém pudesse nos escutar dentro deste consultório, se tivesse a possibilidade de acompanhar tudo o que foi dito, desde a primeira consulta, dois anos atrás, até hoje, teria se identificado com alguns pensamentos ou ansiedades minhas, e em outros momentos teria me considerado uma neurótica sem solução, ou ainda uma mulher com tempo a perder. Há quem não acredite em terapia, eu já fui uma delas. Então? O que é que perseguimos todos?

Uma vida sem sustos. É o que desejo pra mim. Não estou dizendo uma vida sem decepções, frustrações ou êxtases: sem susto, apenas. Quero aceitar a potência dos meus sentimentos e não ficar embaraçada diante de reações incomuns. Poder receber uma ventania de pé, mesmo que ela me desloque de onde eu estava. De pé, mesmo com medo. Não mais em posição fetal.

Tenho tido vontade de contar pra você coisas mais banais. Tenho falado tanto de amor, paixão, solidão, e menosprezado o meu cotidiano, as pequenas comédias e tragédias do meu dia a dia, que igualmente me retratam. Cheguei a pensar em largar a terapia, em a partir de agora andar com as próprias pernas, já que me sinto um pouco mais fortalecida, mas ainda não é o momento. Talvez pudéssemos reduzir as sessões, realizá-las apenas uma vez por semana. Nas últimas consultas me surpreendi olhando pela janela e desejando estar na rua, como se estivesse atrasada para alguma coisa mais importante do que estar aqui.

Voltei a pintar com mais assiduidade. Mônica tanto insistiu que topei expor meus quadros na galeria de uma cunhada dela. Tem sido uma amigona, a Mônica. Preciso telefonar para saber notícias, aliás, pois hoje ela se sentiu muito indisposta durante o almoço.

É isso: pintar, me reaproximar dos amigos, devolver minha atenção para o entorno. O fato de eu mergulhar fundo em busca de entendimento não pode me privar da leveza de viver também pra fora.

Sinto saudades de quando eu era mais imprudente. Lembro bem da minha primeira viagem ao exterior, a que me fez descobrir a cara de pau que eu não sabia que tinha. Lopes, eu era solteira e viajei sozinha com cerca de mil dólares, uma fortuna para quem tinha acabado de sair da faculdade. Mas o que levei de mais valioso foi uma cadernetinha com nomes, endereços e telefones de pessoas que eu nunca tinha visto na vida: eram amigos de amigos de amigos. Um tesouro.

Percorri boa parte da Europa de trem. Ao chegar em cada cidade, ainda na estação ferroviária, eu me dirigia ao telefone mais próximo e recorria a um truque que sempre dava certo. Ligava para o amigo do amigo do meu amigo e me apresentava. Dizia que eu ficaria na cidade por apenas dois dias e que gostaria de uma sugestão de hotel bem baratinho, mas bem baratinho mesmo. Comovidos com minha solidão e principalmente com minha falência financeira, eles me convidavam a ir até a casa deles para conversar pessoalmente sobre o assunto. Bingo. Eu chegava com minha mochila estropiada e com uma calça jeans imunda, porém com educação monárquica, que não deixava dúvida sobre o meu pedigree. Não tinha erro. Sempre havia um colchão abandonado no quarto dos fundos ou um sofá sem uso em algum canto. Passava a ser meu. Virava minha cama. E assim me hospedei de graça em Barcelona, Lausanne, Bruxelas, Munique, conhecendo pessoas que ali nasceram ou que ali moravam há anos, e que portanto me mostravam suas cidades como elas eram por dentro, e não como aparecem nos cartões-postais. Pessoas generosas e divertidas, que me ensinaram que amizades podem ser fundadas durante um bate-papo e que segurança pode ser uma coisa conquistada com um aperto de mão. Provei comidas estranhas, aprendi a dizer palavrão em francês, peguei temperaturas abaixo de zero, assisti a recitais dentro de igrejas, vesti jaquetas emprestadas, participei de manifestações ecológicas, fui a uma festa de aniversário num castelo, fiz topless em parques, passei uma madrugada com febre alta sob os cuidados de um hare krishna, fui de uma cidade a outra de bicicleta, assisti a um filme alemão sem legendas e não entendi nada e entendi tudo.

Minha primeira vez fora do país foi como a primeira vez fora de mim, Lopes. Não senti pavor, não tive vergonha, não segui planos. Eu estava para o que desse e viesse, sem preconceitos em relação aos outros e a mim mesma, absolutamente disponível para o desconhecido. Uma estreia sem ensaio, sem texto decorado, tudo acontecendo no seu devido ritmo e provocando reações espontâneas.

Quando voltei para o Brasil, meses depois, passei a me perguntar qual a razão de eu não me comportar assim na minha própria terra. Decidi que daquele momento em diante eu seria menos previsível, que daria uma chance a todas as emoções que não fossem previamente combinadas. E estou lembrando disso tudo hoje, depois de tanto tempo, porque só agora acho que estou conseguindo.

Entrevista para a tevê, Lopes. Já havia assistido àquele programa um milhão de vezes, mas nunca imaginei que, ao vivo, o entrevistador fosse tão baixinho, o cenário tão pequeno e as cadeiras tão desconfortáveis. Já haviam sentado ali empresários, manequins, poetas, sequestrados, neurolinguistas e goleiros, todos lindos e desenvoltos, como se estivessem falando direto da própria banheira, absolutamente à vontade. Onde eu estava com a cabeça quando vesti uma camiseta de suplex? Você não imagina o malabarismo para passar o microfone por baixo da roupa até prendê-lo na gola: entre mim e aquela camiseta não circulava um átomo. Passei pó demais, eu parecia um cadáver. Luzes fortes, fios por toda a parte, as chances de tropeçar dentro daquele estúdio eram de 110%. Devia estar louca quando aceitei falar sobre meus quadros, é um passatempo, não é uma profissão, mal distingo uma aquarela de um jato de areia, não sou Tarsila do Amaral, nem Anita Malfatti, me chamo Mercedes e tudo o que eu queria era me mandar daquele lugar.

Serão só quinze minutinhos de entrevista, me disse o produtor do programa. Quinze minutinhos. O tempo que eu levo para secar o cabelo, responder e-mails, assar pão de queijo. Não vai doer, ele disse acompanhado de uma risada encatarrada, me enervando ainda mais. Vai demorar pra começar? Nadinha. Depois dos comerciais a senhora entra.

Entrei em parafuso, em contradição, não tinha mais como escapar. O entrevistador me apresentou como se eu fosse prima-irmã de Van Gogh, a descoberta mais importante do milênio depois do chip de computador. Meus olhos deveriam mirar a câmera, mas eu não conseguia desviar o olhar do monitor que estava ao lado, estarreci diante da minha própria imagem de perfil, não costumo me relacionar com o meu nariz por esse ângulo. É seu primeiro vernissage? Sim, estou expondo pela primeira vez minhas telas, me expondo pela primeira vez, por favor, trate bem de mim, sou divorciada, tenho três filhos, optei pelo magistério, lecionei por muitos anos, hoje me dedico a aulas particulares e a pintar, uma coisa que começou como brincadeira mas que acabou agradando os amigos, os verdadeiros culpados por essa exposição, sou uma amadora, uma viciada em cores, uma pessoa que precisa enxergar além das paredes, inverter a realidade, preciso criar, me sujar, lambuzar minha angústia com alguma tinta e verniz, dar forma à minha loucura, dar um rosto aos meus demônios, dar moldura à minha inquietação, interpretar minha ansiedade, riscar, dar contorno ao que em mim fica solto e não se enquadra. Falei nada disso.

    O entrevistador pediu para o rapaz da câmera focalizar uma tela minha que foi enviada ao estúdio pelo dono da galeria, a pedido da produção. É uma tela grande, uma das primeiras, me remete a uma época muito distante. Como tudo parece sem sentido na televisão. O rapaz não abria o plano, não mostrava a tela inteira, fazia apenas um passeio pelos detalhes. Ninguém compreendia o que estava vendo, o entrevistador rasgava elogios mas também não entendia bulhufas sobre o que estava comentando. Ninguém entende, pula-se essa parte. Acha-se bonito ou não, compra-se, vende-se, entender é outra coisa.

    Eu poderia falar três horas sobre mim mesma e ainda assim seria um resumo. Meus quadros não têm tanta importância, não busco a celebridade, eles me distraem de mim, e ao mesmo tempo me revelam. A tinta é como se fosse meu suor, é uma outra espécie de transpiração. Você nunca viu meus quadros, não é, Lopes? Imagino sua curiosidade. De certa maneira, eles concorrem com nossas sessões. Terapia do pincel. Nada a ver com charutos.

    Respondi a meia dúzia de perguntas: em quem me inspiro, se eu gostava de desenhar quando menina, se algum filho meu também pinta, quais são meus museus preferidos, os meus planos para o futuro. Agradecimentos e fim de peleja. Estava liberada. Milhares de pessoas que nunca haviam me visto agora sabem meia dúzia de coisas a meu respeito e continuam sem ter a mínima ideia de quem eu sou. Exponho minha vaidade. O que eu calo é que é verdade.

Tia Mika não sabe o quanto de culpa eu carrego por causa dela, ela que só tem 1,52m e me viu oito vezes na vida, se tanto. Tia Mika faz o tipo para-raios de tragédia, tudo acontece com ela: deixa o gás do fogão ligado e quase morre, é atropelada por ambulâncias, tem a casa de praia assaltada, fica sem voz nos dias ímpares e tem saudades inflamáveis de um passado que ela inventa. Tia Mika é a única razão de discórdia entre mim e meu pai. Os dois são meios-irmãos. Ela é filha do vovô com uma florista que nunca ninguém explicou como conseguiu seu galhinho na nossa árvore genealógica. Meu pai, no papel de meio--irmão, é só meio cordial. Ele a socorre burocraticamente, ela lhe agradece protocolarmente. Tudo oficializado mas sem afeto. Por mim, estaria tudo bem, se meu velho pai não transferisse para mim a carga desta esquizofrenia familiar.

    Tia Mika espirra do outro lado da cidade e quem deve visitá-la? Eu, a única filha mulher do seu meio-irmão. Não vou. Tia Mika tem uma farmacinha em casa de dar inveja a muito distribuidor de medicamentos. Tem telefone em cada aposento da casa. Tem uma tal de Muda que mora com ela desde 1941 e que lava, cozinha, chuleia, prega botão e faz um estrogonofe nojento. Como nunca ninguém a ouviu abrir a boca, é a Muda. Só fala em caso de emergência. Então tia Mika espirra, a Muda não chama ninguém e eu não vou. A Surda.

E assim sigo esculpindo minha carranca de megera, a que não tem coração, o freezer da família. Como eu – mulher! – não encontro tempo para fazer um agrado na tia Mika? Como eu – mulher! – não entendo a carência da minha meia-tia, não troco com ela uns comentários sobre a novela, não a faço feliz por uma tarde? Como eu – mulher! – tenho algo mais urgente pra fazer? Que raios de mulher é essa que não entra no jogo?

Respondo. Eu, mulher, encontraria todo o tempo do mundo pra fazer um agrado na tia Mika se isso fosse do meu agrado, e do dela. Não é. Tia Mika gosta muito mais de um gato caolho que ela tem do que de mim, e eu dou toda razão pra ela. Ela se relaciona com o gato. Há troca. Conhecem o cheiro um do outro, se identificam no escuro, até dormem juntos, parece. Eu sou capaz de passar por tia Mika na rua e não reconhecê-la. Não existimos uma para a outra, nunca nos emocionamos mutuamente, não houve entre nós aquele clique que une as almas, que cria laços, que cativa. Somos parentes. Meio-parentes, e isso é tudo. Pra mim, muito pouco.

Parentesco é um conceito ligeiramente turvo na minha cabeça. Me sinto irmã da Mônica. Do Gustavo, sou ex-mulher mas nunca serei ex-amiga. Eles podem passar uma temporada de 25 anos em Nova Délhi que, quando voltarem, não só os reconhecerei na rua como os trarei para casa, morreremos de rir e tudo entre nós permanecerá intacto. Tenho por você, Lopes, um afeto que já atravessou a fronteira do profissional. Por Tati, uma amizade recente mas tão forte que dispensa palavras, sou capaz de notar que ela precisa de mim muito antes que me diga. É a minha família, em que também entram meu pai, meus irmãos, meus filhos e todos os que admiro, porque divido com eles uma vida, porque nos temos, não porque nos devemos.

Tia Mika, assim como um tio Leopoldo do Gustavo que me telefona no Natal e eu pra ele no ano-novo, ambos simpáticos e mecânicos, não formamos uma família. Habitamos a mesma árvore, surgimos do mesmo tronco, compartilhamos sobrenomes, mas isso não bastou para o sentimento dar frutos. Alguns parentes têm a sorte de compartilhar amor, afinidades, cumplicidade, e outros permanecem estranhos. A família é gerada sem consentimento de ninguém. Alguns, com o tempo, se incorporam, outros se desgarram. Não há vítimas nem culpados. É assim.

Eu sei, eu sei que um pouquinho de teatro não corrompe as relações humanas, não custa dar a tal ligadinha no Natal, perguntar como estão passando todos, se eles também ficaram sem luz ontem à noite. Há o interesse verdadeiro e há o interesse social. As pessoas boas e generosas sabem como fazer um belo rocambole com a mentira e com a verdade, deixando tudo com o mesmo gosto. Eu não. Não gosto da vida em banho-maria, gosto de fogo, pimenta, alho, ervas, por um triz não sou uma bruxa.

Meu pai já ouviu dezenas de vezes esse meu discurso, entende, aceita, sorri e me diz: "Mas querida, você é mulher, custa de vez em quando dar uma passadinha na tia Mika?". Mulheres são mais parentes do que os homens. São mais primas do que os primos, mais tias do que os tios. Mulheres são mais solidárias, e eu bato no peito, minha culpa, minha máxima culpa. Não gosto que me peçam para ser boa, não me peçam nada, mesmo aquilo que eu posso dar. As relações de dependência me assustam. Não precisem de mim com hora marcada e por um motivo concreto, precisem de mim a todo instante, a qualquer hora, sei ouvir o chamado silencioso da amizade verdadeira, do amor que não cobra, estarei lá sem que me vejam, sem que me percebam, sem que me avaliem. Qual é a minha nota, de um a dez? Só quatro, Lopes?

Mesmo que eu fosse ver tia Mika, minha nota não iria melhorar. Ela perceberia minha indiferença, eu perceberia sua atuação e o gato nem acordaria.

Já fiz militância sexual entre essas quatro paredes, você é testemunha do meu entusiasmo pelo assunto, mas, por força das circunstâncias, faz tempo que não transo, e espantosamente não tenho sentido falta. Espero que a idade não esteja me roubando o desejo. Seja como for, não vou declarar guerra contra o celibato, e sim aguardar calmamente os acontecimentos, até porque sei que alguma faísca ainda sobrevive em mim, já que de uma coisa eu sinto saudade física: de beijo. Lopes, é num momento como esse que a gente descobre o que é realmente íntimo, pois nunca fiquei inibida em falar sobre sexo com você, e no entanto o assunto beijo me fez sentir ruborizada e tola.

Pena não ter tido uma mãe que me orientasse na adolescência, porque só ela, com a sabedoria que eu imagino que tinha, poderia ter me instruído: é pelo beijo que se conhece um homem. Nunca pude dizer essa frase para os meus filhos porque, até onde sei, só beijaram mulheres, e mulher não se conhece nunca.

Meu primeiro beijo foi uma coisa meio Mazzaropi, eu fechei os olhos e me preparei para o abate, mas nada aconteceu, quando abri de novo o engraçadinho não estava mais lá. Fiquei dois meses sem sair de casa. Oscilei entre o convento e o suicídio, mas decidi por um baile de carnaval, que foi o que me salvou. Não consigo lembrar de nenhum traço do rosto do menino que, finalmente, me iniciou, mas do gosto nunca esqueci. Ali começou a minha tara.

Não sei se existe um diagnóstico confiável, se há tratamento, se já publicaram teses a respeito, só sei que nunca quis ser curada desse vício. Tive alguns namorados que beijavam bem, outros que beijavam sem entrega, outros rápido demais, uns gulosos, outros sonolentos, e paro por aqui, pois meu currículo não é tão vasto assim. Só sei que de lábio em lábio fui aprendendo que o amor não merece um beijo que não seja, no mínimo, indecente.

Não é à toa que o verbo comer designa, entre outros quitutes, a relação sexual: tudo começa pela boca e só termina quando acaba a fome. E sempre que o beijo não é lá essas coisas, o resto vai de mal a pior. Eu e Tati discordamos em quase tudo, mas no dia em que ela começou a me contar de um ex-namorado e do que ele era capaz de fazer sem as mãos, descobri que eu e ela tínhamos mais afinidades do que supúnhamos. Beijo é a nossa senha para a luxúria.

Tati teve muito mais namorados que eu. Além dos oito com quem viveu, teve uns vinte freelancers, segundo as contas dela, que não sabe o que é adição nem subtração: ou é conta de mais ou de menos. Como nunca casou oficialmente nem viveu com alguém por mais de seis meses, a solteirice lhe deu vários corpos de vantagem, e ouvi-la narrar suas aventuras é melhor do que qualquer peep show. Tati não marca um segundo encontro se no primeiro não vir estrelinhas. O beijo é o passaporte para o seu quarto, diz ela: se estiver vencido, não entra. Tem que ser apaixonado, mesmo que os dois tenham se conhecido meio minuto atrás, no elevador. Tem que ser molhado, porque o único troço seco que Tati gosta é vinho branco. Tem que ser audacioso, criativo, longo, apertado, enlouquecido e cheio de gemidos. Compreende-se que Tati não tenha arranjado um marido.

Maridos não beijam assim, não depois de alguma boda completada. Os beijos intermináveis do namoro vão escasseando com o tempo, vão perdendo o caráter, e daqui a pouco é só beijo de bom-dia, boa-noite e nas preliminares, para aquecer. Nunca mais um amasso dentro do carro com o pessoal buzinando lá fora porque o sinal abriu. Nunca mais um beijo de sete minutos cravados no relógio, sem pausa para respirar. Nunca mais uma lambida pornográfica no pescoço: ou estamos maquiadas demais, ou vestidas demais, ou grávidas demais.

Tati tem uma queda por cafajestes, mas diz que sonha em ser beijada por um evangélico, não por um pecador.

O fetiche dela é ressuscitar um morto-vivo, qualquer coisa assim como beijar um gay e convertê-lo, beijar um pai de família e fazê-lo esquecer o endereço de casa. Tati não quer cenas de cinema: quer testar seu poder de persuasão.

Eu gostaria de testar apenas se permaneço capaz para o amor.

Não consigo mesmo esconder nada de você. É verdade, estou ligeiramente fora do meu eixo. Hoje de manhã, por um desses arranjos maquiavélicos que o destino trata de providenciar, tive um encontro inesperado com aquele cara. Ele mesmo. Eu estava entrando numa locadora que fica junto a um posto de gasolina, ele estava abastecendo o carro, acabou se tornando inevitável trocar algumas palavras.

Eu nunca mais o tinha visto. É engraçado como nossas lembranças costumam ser generosas com os nossos lembrados: eu tinha certeza de que ele tinha dez centímetros mais, tanto de altura quanto de largura. Achei-o insignificante comparado à minha memória afetiva.

E, no entanto, ele é um homem cheio de significados. Só que, ao se materializar na minha frente, virou apenas um estranho, nada mais que isso. Ele comentou alguma coisa sobre estar com muito trabalho, mas eu nem ouvi direito o que ele disse, fiquei olhando pra sua boca e pensando: eu beijei tantas vezes esses lábios, eu fiquei nua tantas vezes entre esses braços, trocamos carícias eróticas e, passado um tempo, puf: viramos duas pessoas profundamente constrangidas, até mesmo beijar a face um do outro pareceu um gesto forçado.

Eu já encontrei casualmente ex-namorados e nunca havia pensado nisso, em como é incômodo estar diante de uma pessoa com quem se trocou emoção intensa e depois cruzar com ela na rua e dizer apenas: tudo bem? Sempre considerei isso natural. Dessa vez, não. Dessa vez acusei o golpe.

Lopes, meu coração está sossegado, não se trata de reacender chama alguma. Este encontro acidental só confirmou o que eu sempre soube: que aquele amor foi uma vaidade extrema de minha parte, uma pendência que eu mantinha desde a minha juventude, uma juventude carente e sem grandes aventuras. Ele personificou um capítulo que eu havia pulado da minha história e que tive a chance de recuperar. Apenas isso, o que não impede que seja igualmente perturbador.

Eu disse "apenas isso"? Que reducionismo. Ok, foi mais que isso. Este homem personificou um entusiasmo que eu precisei sentir naquela época, caso contrário eu iria me sepultar em vida. Há um momento em que é necessário arriscar nossa segurança e nossas certezas para saber quão solidificadas estão. Não tive a sorte de passar por este amor levando dele apenas engrandecimento e boas recordações. Acabei tendo meu casamento virado pelo avesso, os esqueletos saíram do armário, fiz descobertas que não poderia mais manter soterradas embaixo do parquê da sala. Mas não lastimo nada. Eu queria reaprender a chorar, e para isso foi preciso reaprender a sofrer. Sofrer não é romântico, é terapêutico.

A gente nunca fica satisfeita com os desfechos de nossos relacionamentos: se não conseguimos esquecer alguém, sofremos. Se conseguimos, lamentamos o quão pueril tornou-se o passado. Senti uma fisgada hoje pela manhã que nada mais era do que a dor da perda, mas não a perda de uma pessoa, e sim de uma etapa vencida. Acho que agora compreendo quando, ao subir uma montanha muito alta e muito íngreme, recomendam que a gente não olhe para baixo.

Vertigens.

Não entendo nada de etimologia, mas eta palavrinha cheia de maus presságios. Menopausa. *Meno*. Menos. Menos vida, menos libido, menos hormônios, menos futuro. *Pausa*. Desaceleração. Impedimento. Freio. Descanso. Não acredito que já esteja acontecendo comigo.

De uma hora para outra, meu corpo mudou, fiquei mais matrona e menos temperada. Eu, que dormia de cobertor em fevereiro, passei a sonhar com frigoríficos e excursões pela Sibéria. Mas a cabeça é que está sofrendo o abalo maior.

Sei que está na hora de conversar com meu médico a respeito de reposição hormonal, mas duvido que ele consiga repor também minha loucura perdida. Ando sentimental e acomodada, e ainda que isso não seja pecado, não me acostumo com esse novo perfil. Dei para me sentir desconfortável diante do inesperado. Gustavo está vivendo com outra mulher e, mesmo a gente estando há algum tempo separados, isso me afetou. Maria, a empregada lá de casa, hoje me insultou: disse que pato com cereja era frescura e que eu fosse comprar mais feijão, que acabou.

Virou as costas e não foi demitida porque pato com cereja numa segunda-feira, realmente. Mas fiquei abatida, me joguei na cama e encharquei o edredom. Por causa do cardápio do almoço!

Namorados? Exigem um tour de force a que já não estou mais disposta. Sei que sigo atraente, de vez em quando percebo alguns olhares maliciosos em minha direção, mas só de pensar em iniciar um relacionamento me dá cansaço. É preciso disposição para o amor e para todos os seus desdobramentos.

Devo estar desequilibrada mesmo, nunca falei tanta besteira. Mas é fato, ando com preguiça de interpretar o mundo, de entender as pessoas, de procurar os sete erros. Gostaria de ter todas as respostas na última página, de ter um manual de atitudes sensatas, de ter o pensamento voltado pra Meca. Queria que houvesse um serviço de telessoluções entregues em domicílio em menos de meia hora. Que gorjeta boa eu daria.

Cansei de filme de guerra, holocausto, tortura, exorcismo, crise existencial, tiroteio, sequestro, erro médico, suicídio, trapaça. Agora só vejo comédia romântica, dessas que não valem o preço do ingresso. Deus, ando abençoando a alienação, eu que tinha uma dificuldade crônica em concordar com os outros, que jamais aceitava a primeira versão de um fato e que consumia arte e perversão, filosofia e rock'n'roll, literatura e álcool, Almodóvar e beijos lascivos. Lopes, me quero de volta, eu pago o resgate. Eu disse isso? Tem certeza? Estou me fazendo de tola, é claro que lembro. Foi só falar que não queria saber de namorados, e shazam: surgiu o tal do Murilo. E aquela que disse pra você que namorar era exaustivo recuperou o fôlego rapidinho.

Ele é mais jovem que eu. Nem vou dizer qual é a nossa diferença de idade para você não me denunciar por corrupção de menores. O que interessa é que é um rapaz maduro e está apaixonado por mim. Preciso vigiar meu vocabulário: se ele me escuta chamando-o de rapaz, pode resolver dar uma de arqueólogo e sair em busca da minha certidão de nascimento. Rapaz. Jovem. Como as palavras que definem a juventude são antigas.

O que eu posso dizer? Ele está fazendo bem pra minha autoestima, é boa companhia, não pega muito no meu pé. O sexo é a melhor parte, nascidos um para o outro, complementares. Nesse quesito, é a melhor relação que já tive na vida, delícia total, alegria, ousadia, fantasia, apenas rimas fáceis me vêm à cabeça. Me sinto revitalizada, atendendo a todas as necessidades deste meu corpo que sempre foi exigente, só que eu não o atendia. Reprimia, fingia, traía. As rimas difíceis.

O Murilo deve estar tendo suas compensações, lógico. É um cara inteligente e já teve experiências suficientes para saber o que quer e o que precisa receber de uma mulher, e nem sempre é amor o objetivo. Ao menos não o amor idealizado, o amor romântico, o amor aquele, você sabe, que desestabiliza meio mundo. Nós dois estamos a fim apenas de transar um com o outro e fazer juntos o que gostamos de fazer também separados. O nome disso é – dou-lhe uma, dou-lhe duas, dou-lhe três: desilusão.

Que cara é essa? Quem disse que ser uma desiludida é mau negócio? Lopes, olhe pra mim. Não sou mais tão onipotente, sei que se essa relação progredir eu também vou me apaixonar e depois vou me consumir quando ele me deixar, pois ele vai embora um dia. Acabaram-se as ilusões. Esta é a sua vida, a minha vida, a vida de todos nós. Desilusão é simplesmente parar de acreditar que se é mais esperto que os outros.

Ao mesmo tempo que lhe digo isso, minha consciência paralela diz que sou esperta, sim, caso contrário não teria chegado a esta conclusão. Que sina. Continuo querendo morder meu próprio rabo, dando voltas e mais voltas em torno de mim, perseguindo o quê? Meu pensamento é satânico, inesgotável. Ele se regenera, não silencia, berra. É por onde o demônio tenta me doutrinar. O que nos resta a não ser se render?

Não fale assim comigo senão meu queixo começará a tremer. Eu sei, você tem toda razão, toda. Rendição é minha maior dificuldade. Eu me exijo desumanamente. Tenho a impressão de que se eu não tiver uma vida bem argumentada ela vai se esfarelar em minhas mãos. Sou garimpeira, quero sempre cavoucar a razão de tudo, não consigo dar dois passos sem rumo determinado. Eu tenho que reencontrar aquela mulher que telefonava de todas as cabines telefônicas da Europa para pessoas que não conhecia e confiava que seria sempre bem-vinda. Eu sempre fui bem-vinda para todos, menos pra quem? É isso que tenho que descobrir.

Minha mãe? Ai, Lopes, precisamos voltar a este assunto? Perdi o amor dela muito cedo, realmente, mas é fato consumado. Perdi minha mãe e tudo o que havia nela, seu calor e sua presença, seu corpo e sua vigilância: não acredito que ela esteja olhando por mim de onde estiver. Morreu, fim. Fiquei com esta carência, com esta dívida, sei lá que nome devo dar. Pra falar a verdade, considero um drama barato essas lamentações tipo "oh, não tive mãe". Quando se é criança, vá lá, mas não posso mais usar isso como justificativa para minhas perturbações. Meu filho vivia dizendo que um amiguinho dele era recalcado porque não possuía bicho de estimação. Claro que ele estava tentando me comover, já que aos nove anos se apaixonou por um filhote de labrador e não sossegou enquanto não o levamos pra casa. Pois então, meu filho teve mãe, pai e cachorro e vive angustiado. Lopes, abra o jogo: o passado condena a todos mesmo?

Eu estou farta dessa brincadeira de gato e rato que faço comigo mesma. Eu não tive mãe, outros perderam o amor da sua vida, uns nunca alcançaram seus sonhos, enfim, quem é que está quite neste mundo? Nobody, nadie, ninguém. Cada um que conviva com sua própria irrealização. Alta? Você deve estar brincando, logo agora que eu estou me divertindo.

Lopes, neste último fim de semana conheci a nova namorada do meu filho Renato. Cheguei a pensar em não comentar isso aqui no consultório, pois sei que você vai me chamar de ciumenta, mas não seria justo privá-lo dessa narrativa, mesmo sob pena de você me defenestrar depois.

Que estava bem-vestida, nem se discute. Tudo da melhor qualidade e muito atual. O vocabulário de acordo com a idade. O cabelo bem tratado. Trabalha. Ainda está estagiando, mas não se pode cobrar um cargo de chefia de uma garota de vinte anos. Fez ponta num clipe. Gosta de viajar. Teve vertigens ao entrar no museu Guggenheim. Já foi duas vezes a Nova York. Finalmente conheci a mulher mais moderna do mundo, segundo definição de Renato, que está de quatro por ela. Mildred. Isso mesmo que você ouviu, Lopes.

Renato a chama de Mil, e eu a chamarei também, porque não vou voltar para o curso de inglês só para pronunciar o nome da namorada do meu filho. Mil, portanto, é a mulher mais moderna do mundo. Estou estarrecida com o conceito que meu filho mais velho tem de modernidade. Roupas, corpaço e MTV.

Mil. Pois os pais de Mil se separaram há três meses, e ela salivou quando disse isso. Casais se separam desde que o mundo é mundo, mas não entendi onde estava o prazer da notícia. "Coisa careta o casamento, né? Se um dia eu casar, vai ser pra morar junto." Não estou enfeitando, foi bem assim que ela construiu a frase.

"Eu e Renato – se a coisa vingar, né, amor? – um dia vamos morar em Nova York. No East Side. Esse aqui vai enlouquecer quando botar os pés em Manhattan. Eu não confio em ninguém que não fale inglês."

"Não quero ter filhos. Nem pensar. Meus seios são meu maior patrimônio."

"Woody Allen? Muito chato. Só pensa em sexo oral e as cenas que ele mostra de Nova York são muito outonais. Falta verão em Woody Allen."

"A senhora acredita que uma amiga minha prefere Londres? Eu não conheço, mas dizem que lá chove muito. Já perdeu o meu voto."

"Acho tão cretino fumar. Um dia eu paro."

"A primeira vez que fui a Nova York eu tinha quinze anos, mas era muito ignorante, só conheci a Bloomingdale's. Depois fui com dezenove e aí, sim, conheci a Macy's, a Gap, a Victoria's Secret. Quá, quá, quá."

Isso foi uma amostra grátis. Nas duas horas seguintes ela falou mais uma centena de vezes em Nova York, em como todas as suas amigas têm pais separados, nas lipos que pretende fazer antes de completar 25 anos, em como é viciada em cozinha fusion e que daria um dedo para ser capa da *Harper's Bazaar*. Quando Renato foi levá-la em casa, eu estava esgotada. Parecia que tinha sido atropelada por um caminhão carregado de clichês.

Sempre me considerei uma mulher antiga nos quesitos em que se testa a modernidade. Meu vocabulário é o mesmo há décadas. Compro sempre as mesmas roupas. Não troco de ideia com facilidade. Meu pai enviuvou cedo, não sei se isso confere algum status à família. Outono é minha estação favorita. E prefiro Londres a Nova York, ainda que esteja bem onde estou. Serei moderna ou já fui empalhada e não percebi?

Mônica ganha mesada do El Comedor e é assumidamente perua, e ainda assim é mil vezes mais moderna que Mil, e eu sou tão antiga que ainda faço trocadilhos. Mônica não é deslumbrada. Gosta de algumas coisas, desgosta de outras, volta atrás em suas opiniões. Pudica? Um pouco. Mas tem bom humor. É informada. Não fica doutrinando ninguém, tanto que criou duas filhas de cabeça boa, que não se intimidam com a vida. Mônica é fiel às suas amizades e a seus pensamentos. Sua vaidade não impede sua felicidade. Claro que ela não está feliz com seus seios caídos, quem estaria? Mas não segue modelos de beleza, não obedece à ditadura da moda. Fez escolhas. Não tem vergonha de andar na contramão da história: seu marido é podre de rico e ela é sustentada, com todo prazer. Defende-se dizendo que não se adaptou ao trabalho, a safada. E diz rindo, caçoando da gente, abraçando o mundo. Gosto sinceramente dela, e a acho moderna porque é única.

Já Tati optou por não casar, mas não é isso que faz dela uma mulher do seu tempo. Tati é audaciosa, trabalha feito uma condenada e não deixa que lhe paguem nem mesmo o cafezinho, porque não gosta de ficar devendo nem em espécie, nem em favor. Radical, a Tati, o que não combina com os novos tempos. Vulgar, um pouco. Quanto mais a idade avança, mais suas saias encurtam, e sorte dela ter boas pernas. Tati é meio escandalosa, ri alto e disso tudo eu esqueci quando certa vez precisei que ela buscasse João na escola pra mim, e ela foi, mesmo tendo outro João esperando por ela, e era um João tipo Orleans e Bragança, ela disse, mas acho que foi só pra fazer eu me sentir culpada. Tati é ela mesma, e isso é moderno em qualquer tempo.

Minha mãe, dizem, nunca foi óbvia. Era um doce com uns e um purgante com outros, não repetia frases feitas e foi estupidamente feliz na sua breve vida, mas estupidamente feliz de fazer os outros sentirem raiva. Teve poucos amigos, mas foi amada na mesma proporção em que amou meu pai, foi coerente e foi contraditória e dizem que era muito reservada. Eu nem preciso conhecê-la para saber o quanto ela ainda está na frente.

Renato sempre sonhou com uma namorada perfeita e lhe caiu Mil na vida. Mil e sua visão focada numa modernidade de revista. Mil e sua preocupação em pertencer às estatísticas. Mil e sua resignação diante do que lhe entregaram embrulhado como "novo". Ela tem salvação, caso um dia repita que falta verão em Woody Allen sem fazer crítica, e sim fazendo piada, porque é uma boa piada. A menina tem jeito, precisa apenas deixar de se levar a sério. Tem 20 anos apenas. Renato, 21. A modernidade os alcançará lá adiante, quando não estiverem mais atrás disso.

Ontem fui jantar com Murilo num restaurante japonês. Você acredita que ele nunca tinha provado comida japonesa? Aceitou meu convite com desconfiança, parecia que eu o estava levando para comer ratazanas cruas. Minha tentativa de introduzi-lo na sofisticação gastronômica acabou sendo um fracasso. Odiou tudo. O menino é fiel aos pratos caseiros. Iguaria para ele é bife, batata frita, arroz e feijão, no que ele não está errado, mas chegou a hora de ele aprender que a vida é repleta de sabores e que amor nenhum me fará amarrar um avental em torno da cintura e encarar uma cozinha. Depois de uma certa idade, adeus às concessões.

Mas estou lhe contando isso por outra razão. Encontramos Gustavo e sua nova mulher no restaurante. Ele já me disse o nome dela várias vezes mas eu nunca consigo guardar, nem pergunto mais para não parecer provocação, acho que é Simone ou Silvana, qualquer coisa com S, de sem-sal.

Maldade. É uma moça discreta, bonitinha. Ele teve uns namoros rápidos depois da nossa separação, mas esta é a primeira com quem ele foi viver. Todo mundo diz que estão muito felizes. Grrrrrr. Todo mundo. Eu queria uma amostra de três pessoas deste "todo mundo". Garanto que uma não sustentaria a versão da outra.

Não é bem ciúmes. É como quando a gente empresta o nosso melhor vestido, imagine um vestido Armani que você trouxe de Milão e pelo qual pagou uma fortuna, pois então, é como se você o tivesse emprestado a uma amiga, aí ela veste a roupa na sua casa, fica linda, muito mais do que você ficou quando o usou, e sai com o vestido para uma noite de farra, sujeita a abraços, manchas de vinho e elogios rasgados. Desculpe, eu sei que a comparação é infeliz. Horrível, tá certo. Mas é assim que eu me senti. Como se eu tivesse tido um surto de generosidade ao emprestar algo que me era muito caro para a felicidade momentânea de outra pessoa. Pode anotar aí: possessão, egoísmo e esquizofrenia. Palavras muito adequadas, já que o assunto é casamento.

Eu e Gustavo somos um casal pra sempre. Acho que nunca houve duas pessoas tão casadas, no sentido mais engajado do termo. Eu sempre tive uma necessidade muito grande de encontrar alguém que preenchesse uma lacuna que, vazia, me despersonalizava. Eu sempre fui solitária e esta solidão, estranhamente, não me dava liberdade. Só quando conheci Gustavo é que me senti livre, é como se eu tivesse conseguido montar meu quebra-cabeça e pudesse partir para um novo desafio. Gustavo sempre foi uma espécie de salvo-conduto, o cara que me legitimou, e creio que representei isso para ele também. A gente se relacionava para permitir que o outro fosse fiel a si mesmo. Não sei se dá pra entender o que eu digo, é tudo muito inverso do que chamam de amor. A gente ficou junto enquanto ainda havia o risco de o amor abandonar sua missão em nossas vidas. Quando sentimos a missão cumprida, quando soubemos profundamente quem éramos e quando aprendemos a lidar sozinhos com nossas imperfeições, a separação acabou sendo a consequência natural.

Claro que amo Gustavo, lógico, eu adoro aquele, aquele dom-juan! Querido, o Gustavo. Ninguém me conhece tanto como ele, ninguém me aceitou tanto quanto ele. Aquilo não é um homem, é um winchester, um sensor de fibra ótica, um aparelho de raios X, ele armazena você, ele enxerga tudo o que você é, percebe tudo o que você sente e não tenta mudar nada. Agora a comparação foi boa.

Então vê-lo com outra mulher é natural e ao mesmo tempo esquisito. Senti coisas que não costumo sentir, como piedade. Não por mim, Lopes, por ela! Piedade porque aquela moça jamais conhecerá Gustavo como eu conheço, e nem se dê o trabalho de dizer que é muita pretensão de minha parte, eu sei disso muito bem. Piedade, admito, misturada com raiva, por meu posto ter sido ocupado, mas foi uma raiva ligeira, logo me dei conta de que mulher nenhuma me substituirá na vida dele e eu estou segura disso porque olhei Murilo ao meu lado e reparei que ele também não estava ocupando a vaga de ninguém. E, por fim, senti alívio porque Gustavo não me viu, não precisou perder seu tempo sentindo e pensando coisas a meu respeito que não levariam a novas conclusões. Nós dois não temos mais que testar coisa alguma, passar por nada mais.

Foi Murilo que detestou a comida, mas fui eu que inventei uma indigestão quando ele me trouxe em casa. Não o convidei para entrar. Não que eu preferisse dormir sozinha ontem à noite: precisei.

Eu sempre adorei metrô. Desde a primeira vez que andei. É como se fosse uma nave horizontal, um foguete espacial atravessando outra espécie de galáxia. Hoje entendo que o que sempre me fascinou foi o teletransporte que o metrô proporciona: você sai de um ponto e chega a outro, e o percurso não existe.

Nada pode ser mais prático: você está num lugar, aí embarca num vagão e dali a poucos minutos desembarca em outro bairro, sem precisar enxergar o que existe entre um e outro. Acho isso tão revolucionário, é quase uma desmaterialização, eu desapareço aqui e me materializo lá do outro lado, num passe de mágica. O túnel sem luz e sem vista panorâmica nos transplanta. Ao sair da estação, a geografia da cidade é outra, às vezes até o clima. Estava chovendo na parte leste, faz sol na margem do rio. E isto com uma rapidez que avião algum, nem com a mais alta tecnologia, poderá atingir. Que invenção fantástica.

Antigamente, quando ficava triste, eu queria que a alegria viesse em meu socorro em minutos, como se ela fosse a próxima estação do metrô. Não queria atravessar ruas desertas, pontes frágeis, transversais melancólicas, não queria percorrer um trajeto longo até conquistar um estado de espírito melhor. Queria transformação imediata: da estação Tristeza para a estação Hip-Hip-Hurra, sem escala e sem demora.

Eu era ingênua em acreditar que poderia governar meus sentimentos. Como se fosse possível passar por estações deprimentes sem as ver, deixá-las para sempre presas no underground e saltando apenas nas estações que interessam: Euforia, Segurança, Independência. Os pontos turísticos mais procurados.

Viver é uma caminhada e tanto, não tem essa colher de chá de selecionar onde descer. É preciso passar por tudo: pelo desânimo, pela desesperança, pela sensação de fracasso e fraqueza, até que a gente consiga chegar a uma praça arborizada onde iniciam outras dezenas de ruas, outras tantas passagens, e a gente segue caminhando, segue caminhando.

Locomover-se desse jeito é cansativo e lento, mas sei que não existe outra maneira consciente de avançar. Metrôs oferecem idas e vindas às cegas. Mantêm nossas evoluções escondidas no subterrâneo. A gente não consegue enxergar o que há entre um desgosto e um perdão, entre uma mágoa e uma gargalhada, entre o que a gente era e o que a gente virou.

Não tem sido fácil, Lopes, mas sinto orgulho por ter aprendido a atravessar, em plena luz do dia, o que em mim é sombrio e intrincado. Não me economizo mais. Me gasto.

É cedo demais para se despedir. Mônica e eu nascemos no mesmo ano, eu ainda respiro, ela não. É inacreditável que ontem tenha sido nosso último encontro, que eu esteja em pé e ela não. Que eu esteja maquiada e ela, tão vaidosa, não. Que eu esteja viva e ela pareça também estar, mas não.

Enfrentar a morte de uma amiga tão especial, com quem se repartiu todas as idades e momentos importantes, é enfrentar um pouco o próprio fim. Mônica tinha um câncer raro, nunca me confidenciou os detalhes, mas de remédio em remédio ela saltava os dias do calendário. Semana passada ainda nos falamos pelo telefone, ela contou que estava em crise com El Comedor mas que já não era nenhuma garota para se separar e começar de novo. Separou-se, agora, de todos nós. Está começando de novo, mas o quê?

O que haverá além do sono eterno e do escuro? Nossos pensamentos farão barulho? Enquanto os ossos viram pó, nossa alma estará sobrevoando o quê, onde e até quando? Para onde vão os trilhões de espíritos que, dizem, permanecem existindo? Espíritos de franceses guilhotinados, vikings, judeus exterminados, crianças nordestinas, rapazes mortos no Vietnã, pescadores afogados, alpinistas congelados, estarão todos ocupando o mesmo espaço? O espírito de Mônica, da princesa Diana, de Getúlio Vargas, de Jesus Cristo, de Frank Sinatra, de Chico Mendes e dos passageiros daquele Concorde serão colegas de céu e inferno? As pessoas têm fé e acreditam, rezam e se consolam, procuram manter contato. Não me consola a vida eterna. Espero que Mônica esteja dormindo, e só.

Acredito em saudade, sei o quanto uma ausência pode doer, provocar contração muscular e até náusea. Ausência física, ausência da voz e do cheiro, das risadas e do piscar de olhos, saudade da amizade que ficará na lembrança e em algumas fotos. Mônica foi, Mônica era, Mônica fez. Será difícil conjugar Mônica no passado.

Não sei se choro por ela ou por mim. Como pode a morte, única certeza que temos na vida, ainda nos surpreender a cada avanço, a cada recado que nos envia? Como podemos nos iludir com uma imortalidade fictícia, fazendo planos e dando tempo ao tempo, quando neste exato momento o meu nome poderá estar prestes a ser deletado da vida, seja através de um caroço na axila ou de um motorista de caminhão que não respeita faixas de pedestre?

Mônica foi feliz, teve o casamento que quis com El Comedor, que hoje chora contido e já não come ninguém, passa a chamar-se Alberto Dinarte, assim batizado, um empresário conceituado que enviuvou. A filha mais velha de Mônica, tão parecida com ela, herda o sorriso e o caráter. A mais nova herda o pudor e a paixão pelo vôlei. O dinheiro servirá para pagar as contas, mais nada. Mônica se divertiu, não quis trabalhar, não precisou, comprou muitas roupas, perdeu bons filmes por preconceito, mas foi fiel a si mesma, sem preocupar-se em ser moderna. Neste último instante, pouco importa se fomos modernos ou caretas, sobra o quanto fizemos felizes os outros, se muito felizes ou pouco felizes. El Comedor, agora Alberto Dinarte, e suas duas filhas choram, lamentam, recolhem-se. É porque foram felizes, e esta felicidade os reencontrará em poucas semanas. A herança maior.

Mônica também me fez feliz e eu choro muito, desde ontem até agora, e de agora em diante um pouco todo dia. Sei que a felicidade de tê-la conhecido me reencontrará também, logo que a rotina me chamar, que eu precisar dar minhas aulas, ir ao supermercado ou pagar uma conta no banco. Será o momento de voltar à vida sem Mônica ao telefone, sem Mônica para almoçar comigo, mas com Mônica no histórico, com Mônica na mulher que ela me ajudou a ser, pela companhia, pela discordância, pelo conviver. Se ela estiver em paz, não me resta outra alternativa a não ser ficar também.

A morte de Mônica está pesando sobre mim uma vida inteira. De repente ela deixa de existir e uma série de verdades desaparecem junto, dando lugar ao imponderável, deixando-me despida no meio da rua. Perdi com ela a credibilidade das coisas, Mônica foi substituída por milhares de pontos de interrogação. Seus olhos eram verdes, eu tinha inveja daqueles olhos verdes, e agora não são mais olhos, são apenas palavras que saem de minha boca sem que você possa comprovar o que eu digo, já que não a conheceu. Vida é memória. Dei pra pensar que tudo o que há de mais vivo em mim foi aquilo que já se foi. As pessoas mais importantes foram as que não ficaram.

    Tive vontade de morrer essa semana, de não estar mais no mundo para servi-lo, uma necessidade de não atuar, de estragar a festa. Fiquei perturbada com essa ideia, deixei de invejar apenas os olhos de Mônica, mas sua condição. Parece morbidez, mas é apenas cansaço. Passei a vida toda perseguindo justificativas para existir. Não estou me explicando direito, não é bem morrer o que eu queria. Queria apenas interromper as buscas. É isso.

Aniquilar para sempre esse meu desejo de me conhecer plenamente, matar este meu lado didático, que só avança através de perguntas e respostas.

Estou com saudades da Mônica, e com ódio dela por ter confirmado a suspeita universal: como perdemos tempo nessa vida. O mundo progride, progride, progride e quando vamos analisá-lo no ato final, ele se apresenta o mesmo, estancado há séculos numa única e incorruptível verdade: segue sendo o amor a coisa mais revolucionária que há. Independentemente de tudo o que existe, é o amor que transforma, irrita, movimenta, embeleza, enfeia, impulsiona, destrói, liberta e prende. Em sua órbita, apenas distrações.

Morrer rápido é uma vitória. É atingir a meta no tempo oficial, sem prorrogação. Agarrar-se à vida e envelhecer sofrendo é prorrogar-se. É buscar desatinadamente um resultado diferente, que já foi alcançado e não foi percebido. Foi por isso que eu quis, essa semana, morrer. Foi para estabelecer a vitória do amor na minha vida, para não dar mais chance ao adversário de virar esse jogo. Eu sou feliz, Lopes.

A morte da Mônica tem o peso de uma porta que eu nunca havia ousado abrir. Me diga se é possível isso: diante de uma dor aguda, eu confirmar que sou feliz. Pois sou, e já não acho que ser feliz seja acomodação. Passei a reconhecer a importância das pessoas ao meu redor, a ficar agradecida por cada minuto vivido, e ao mesmo tempo aliviada. Que venha o resto, que venha o que está a caminho, e que nada se arraste. Eu já não me importo de morrer, então posso viver com menos pretensão e mais farra.

Mônica era um espelho às avessas, minha forma mais rotineira de enxergar o que eu era. Não sou como Mônica, então sou outra pessoa, existo. Não gosto das coisas que Mônica gosta, então eu tenho preferências pessoais, existo. Não sinto as coisas da mesma forma que Mônica, então eu sinto as coisas de forma particular, existo. As pessoas não gostam de solidão porque não têm com o que se defrontar, perdem a referência do que não são, ficam apenas com aquilo que são e não desvendam. Agora entendo que eu reverenciava a solidão porque acreditava que me conhecia o suficiente. Sozinha a gente apenas se preserva. A nossa existência, pra valer, só se confirma através dos outros.

É irônico que eu tenha procurado você ansiosa por encontrar definições e, depois de quase três anos, tenha chegado à conclusão de que não há definição alguma que nos traga paz. A falta de definição, por si só, define a vida. Tudo é transitório, Lopes, nossas manias, nossos pensamentos, nossos amores, nossos pontos de vista. Sabemos quem somos e o que sentimos, mas não sabemos até quando. Estamos em trânsito, e a definição só virá quando não estivermos mais aqui para entendê-la.

Passei boa parte da minha vida tentando evitar variações de ideias para não me afastar muito de mim mesma. A segurança, eu achava, estava em armazenar todas as informações sobre si, e assim poder antever nossas próprias reações diante do novo, como se o novo fosse um velho conhecido. O novo não existe. O dia de amanhã é uma incógnita. Podemos ter uma consulta marcada no otorrino para tratar nossa sinusite, podemos ter certeza que iremos comprar os ovos que faltam na despensa, podemos saber até que vai chover, pois os meteorologistas fizeram progressos. Ainda assim, sempre haverá a hipótese de sermos surpreendidos por nós mesmos. Nunca assisti a um atropelamento. Nunca fui cantada por um amigo de um filho meu. Nunca fui assaltada. Nunca ganhei um concurso. Não saberia dizer qual seria minha reação diante disso tudo. O que eu vivi até hoje foi o que costuma ser vivido por todos, não houve nada exótico em minha vida, como não há na vida da maioria das pessoas. Tive um número restrito de experiências, todas bastante previsíveis, mas enquanto eu estiver em movimento dentro do tempo que me foi dado viver, nenhuma ideia ou vivência poderá ser conclusiva.

Lopes, cheguei aqui dizendo que eu era masculina no pensar e feminina no sentir, que dentro de mim havia uma tribo nômade, que eu me sentia multipovoada e isso me confundia. Lopes, ainda assento essa turma em mim e isso não me confunde mais. Continuo preferindo o verde, mesmo diante de uma cartela variada de cores, e continuo preferindo o mar, mesmo sabendo que posso aprender a gostar do campo, desde que recolham os répteis. São preferências que mantenho, não referências. Não preciso morrer com as minhas escolhas, meu caixão há de ser do tamanho do meu corpo, não haverá lugar para minha teimosia ou devaneios.

Lopes, que liberdade boa essa de se desresponsabilizar pelo próprio personagem. As pessoas ainda podem confiar em mim, aceitar meus cheques e minha palavra, sabem que tenho um bom retrospecto e não vou lhes faltar. A liberdade de que falo é a de poder ser o que ainda não tentamos. Tentei ser honesta, boa mãe e não cruzar o sinal vermelho, optei por essas decisões porque acho mais fácil viver assim, causa menos dano a mim e aos outros. Mas ainda não tentei muitas coisas. Não tentei aprender a tocar um instrumento, não tentei escrever um poema, não tentei fazer minha declaração de renda sozinha, não tentei morar no vigésimo andar, nunca fui a um terreiro, nunca assisti ao vivo uma Copa do Mundo, nunca aprendi a linguagem dos surdos-mudos. Lopes, o que é viver intensamente?

Vidas não são entregues em kits personalizados, compostos por dois sonhos, meia dúzia de projetos e uma única maluquice: essa costuma ser a munição que cada pessoa recebe ao nascer, para que a ordem seja mantida na sociedade. Eu aceito a parte que me toca, mas ninguém me impede de incrementar o dote. Não sou mais nenhuma garota e sei que não preciso passar o tempo que me sobra contabilizando erros e acertos. Tudo é acerto, principalmente quando se está mais perto do fim do que do começo.

Lopes, você já quis me dar alta e eu recusei, achava que não estava pronta. Agora entendo que nunca estarei pronta, e que tudo o que preciso é conviver bem com meu desalinho e inconstância, que enfim aceito. Bom trabalho, doutor.